U0595686

天·人·情·思

名家散文精选

莫语◎编著

北京燕山出版社
BEIJING YANSHAN PRESS
YSP

图书在版编目（CIP）数据

天·人·情·思：名家散文精选 / 莫语主编 . —北京：北京燕山出版社，2017.4

ISBN 978-7-5402-4467-5

Ⅰ . ①天… Ⅱ . ①莫… Ⅲ . ①散文集－中国－当代 Ⅳ . ① I267

中国版本图书馆 CIP 数据核字 (2017) 第 055875 号

天·人·情·思：名家散文精选

主　　编　莫　语
责任编辑　王　迪
设　　计　张合涛
责任校对　岳　欣
出版发行　北京燕山出版社有限公司
地　　址　北京市丰台区东铁营苇子坑路 138 号
电　　话　010-65243837
邮　　编　100078
印　　刷　河北信德印刷有限公司
开　　本　880mm×1230mm　1/32
字　　数　182.5 千字
印　　张　8.5
版　　次　2019 年 1 月第 1 版
印　　次　2024 年 1 月第 2 次印刷
定　　价　46.00 元

版权所有　违者必究
如发现印装质量问题，请与印厂联系

前　言

　　"散文"一词大概出现在北宋太平兴国（976 年 12 月—984 年 11 月）时期。《辞海》认为，"六朝以来，为区别于韵文和骈文，把凡不押韵、不重排偶的散体文章，包括经传史书在内，概称'散文'"。后又泛指诗歌以外的所有文学体裁。随着时间发展，散文的概念由广义向狭义转变，并受到西方文化的影响，成为一种作者写自己经历见闻中，所带有真情实感的灵活精干的文学体裁。伴随着时代的阳光和风雨，经过艰苦的跋涉与追求，当代散文已经步入一个万紫千红、多姿多彩的崭新天地。它们或抒情，或记事，或咏物，或写景，或怀旧，或悼念；融情与景、人与事、光与色于一体，集思想性与艺术性于一身。

鉴赏优美的散文，犹如饮一杯茗茶，酣畅淋漓，沁香难忘。为了让广大读者能够读到这些经过时间的沉淀与千淘万漉的洗涤后留存下来的精品，本文收录了多位名家的散文佳作。他们的文字有时如舒缓的小夜曲，让人如痴如醉；有时如催泪的悲情剧，使人黯然神伤；有时如知己的话家常，让人为之倾倒；有时又如智者的经验谈，使我们得到人生指导……让处于这繁盛、浮躁、充满变数的时代的我们，可以陶冶情操，升华人格，可以使人懂得什么可以错过，但是不可被磨灭。

　　在内容上，本书涵盖了叙事散文、抒情散文、写景散文、哲理散文，如朱自清的《荷塘月色》、徐志摩的《我所知道的康桥》、郁达夫的《江南的冬景》等侧重于写景，通过对景致的描摹抒发内心的见解与感受；鲁迅的《藤野先生》、许地山的《别话》、萧红的《鲁迅先生记》等写的是情，注重于情感的表达；闻一多的《五四断想》、方志敏的《清贫》、蔡元培的《洪水与猛兽》等注重传达某种人生的真谛和哲理。

　　总的来说，中国名家散文如同恒河沙数，浩如烟海，虽然编者尽心竭力，力图撷取最经典的作品奉献给读者，但由于能力有限，难免存有遗珠之憾。在此，恳请广大读者谅解。

目
录

壹 永在的温情

壹 永在的温情

是我们人生中最坚实的砥柱。

在记忆里，留存的旧来的情感，

往事并非如烟，情思历久弥新。

墓畔哀歌

/石评梅

一

我由冬的残梦里惊醒，春正吻着我的睡靥低吟！晨曦照上了窗纱，望见往日令我醺醉的朝霞，我想让丹彩的云流，再认认我当年的颜色。

披上那件绣着蛱蝶的衣裳，姗姗地走到尘网封锁的妆台旁。啊！明镜里照见我憔悴的枯颜，像一朵颤动在风雨中苍白凋零的梨花。

我爱，我原想追回那美丽的皎容，祭献在你碧草如茵的墓旁，谁知道青春的残蕾已和你一同殉葬。

二

假如我的眼泪真凝成一粒一粒珍珠，到如今我已替你缀织成绕你玉颈的围巾。

假如我的相思真化作一颗一颗的红豆，到如今我已替你堆集永久勿忘的爱心。

哀愁深埋在我心头。

我愿燃烧我的肉身化成灰烬，我愿放浪我的热情怒涛汹涌，天啊！这蛇似的蜿蜒，蚕似的缠绵，就这样悄悄地偷去了我生命的青焰。

我爱，我吻遍了你墓头青草在日落黄昏；我祷告，就是空幻的梦吧，也让我再见见你的英魂。

三

明知道人生的尽头便是死的故乡，我将来也是一座孤冢，衰草斜阳。有一天啊！我离开繁华的人寰，悄悄入葬，这悲艳的爱情一样是烟消云散，昙花一现，梦醒后飞落在心头的都是些残泪点点。

然而我不能把记忆毁灭，把埋我心墟上的残骸抛却，只求我能永久徘徊在这垒垒荒冢之间，为了看守你的墓茔，祭献那茉莉花环。

我爱，你知否我无言的忧衷，怀想着往日轻盈之梦。梦中我低低唤着你小名，醒来只是深夜长空有孤雁哀鸣！

四

黯淡的天幕下，没有明月也无星光，这宇宙像数千年的古墓；皑皑白骨上，飞动闪映着惨绿的磷花。我匍匐哀泣于此残锈的铁栏之旁，愿烘我愤怒的心火，烧毁这黑暗丑恶的地狱之网。

命运的魔鬼有意捉弄我弱小的灵魂，罚我在冰雪寒天中，寻觅那凋零了的碎梦。求上帝饶恕我，不要再残害我这仅有的生命，剩得此残躯在，容我杀死那狞恶的敌人！

我爱，纵然宇宙变成烬余的战场，野烟都腥：在你给我的甜梦里，我心长系驻于虹桥之中，赞美永生！

五

我镇天踟蹰于垒垒荒冢，看遍了春花秋月不同的风景，抛弃了一切名利虚荣，来到此无人烟的旷野，哀吟缓行。我登了高岭，向云天苍茫的西方招魂，在绚烂的彩霞里，望见了我沉落的希望之陨星。

远处是烟雾冲天的古城，火星似金箭向四方飞游！隐约地听见刀枪搏击之声，那狂热的欢呼令人震惊！在碧草萋萋的墓头，我举起了胜利的金觥，饮吧我爱，我奠祭你静寂无言的孤冢！

星月满天时，我把你遗我的宝剑纤手轻擎，宣誓向长空：

愿此生永埋了英雄儿女的热情。

六

假如人生只是虚幻的梦影，那我这些可爱的映影，便是你赠与我的全部生命。我常觉你在我身后的树林里，骑着马轻轻地走过去。常觉你停息在我的窗前，徘徊着等我的影消灯熄。常觉你随着我唤你的声音悄悄走近了我，又含泪退到了墙角。常觉你站在我低垂的雪帐外，哀哀地对月光而叹息！

在人海尘途中，偶然逢见个像你的人，我停步凝视后，这颗心啊！便如秋风横扫落叶般冷森凄零！我默思我已经得到爱的之心，如今只是荒草夕阳下，一座静寂无语的孤冢。

我的心是深夜梦里，寒光闪灼的残月，我的情是青碧冷静，永不再流的湖水。残月照着你的墓碑，湖水环绕着你的坟，我爱，这是我的梦，也是你的梦，安息吧，敬爱的灵魂！

七

我自从混迹到尘世间，便忘却了我自己；在你的灵魂我才知是谁？

记得也是这样夜里。我们在河堤的柳丝中走过来，走过去。我们无语，心海的波浪也只有月儿能领会。你倚在树上望明月沉思，我枕在你胸前听你的呼吸。抬头看见黑翼飞来掩遮住月儿的清光，你抖颤着问我：假如这苍黑的翼是我们的命运时，应该怎样？

我认识了欢乐，也随来了悲哀，接受了你的热情，同时也随来了冷酷的秋风。往日，我怕恶魔的眼睛凶，白牙如利刃；我总是藏伏在你的腋下趑趄不敢进，你一手执宝剑，一手扶着我践踏着荆棘的途径，投奔那如花的前程！

如今，这道上还留着你斑斑血痕，恶魔的眼睛和牙齿再是那样凶狠。但是我爱，你不要怕我孤零，我愿用这一纤细的弱玉腕，建设那如意的梦境。

八

春来了，催开桃蕾又飘到柳梢，这般温柔慵懒的天气真使人恼！她似乎躲在我眼底有意缭绕，一阵阵风翼，吹起了我灵海深处的波涛。

这世界已换上了装束，如少女般那样娇娆，她披拖着浅绿的轻纱，蹁跹在她那姹紫嫣红中舞蹈。伫立于白杨下，我心如捣，强睁开模糊的泪眼，细认你墓头，萋萋芳草。

满腔辛酸与谁道？愿此恨吐向青空将天地包。它纠结围绕着我的心，像一堆枯黄的蔓草，我爱，我待你用宝剑来挥扫，我待你用火花来焚烧。

九

垒垒荒冢上，火光熊熊，纸灰缭绕，清明到了。这是碧草绿水的春郊。墓畔有白发老翁，有红颜年少，向这一抔黄土致不尽的怀忆和哀悼，云天苍茫处我将魂招；白杨萧条，暮鸦声声，怕孤魂归路迢迢。

逝去了，欢乐的好梦，不能随墓草而复生，明朝此日，谁知天涯何处寄此身？叹漂泊我已如落花浮萍，且高歌，且痛饮，拼一醉烧熄此心头余情。

我爱，这一杯苦酒细细斟，邀残月与孤星和泪共饮，不管黄昏，不论夜深，醉卧在你墓碑傍，任霜露侵凌吧！我再不醒。

十六年清明陶然亭畔

我的母亲

/胡　适

我小时身体弱，不能跟着野蛮的孩子们一块儿玩。我母亲也不准我和他们乱跑乱跳。小时不曾养成活泼游戏的习惯，无论在什么地方，我总是文绉绉的。所以家乡老辈都说我"像个先生样子"，遂叫我做"穈先生"。这个绰号叫出去之后，人都知道三先生的小儿子叫做穈先生了。既有"先生"之名，我不能不装出点"先生"样子，更不能跟着顽童们"野"了。有一天，我在我家八字门口和一班孩子"掷铜钱"，一位老辈走过，见了我，笑道："穈先生也掷铜钱吗？"我听了羞愧得面红耳热，觉得太失了"先生"的身份！

大人们鼓励我装先生样子，我也没有嬉戏的能力和习惯，又因为我确是喜欢看书，故我一生可算是不曾享过儿童游戏的生活。每年秋天，我的庶祖母同我到田里去"监割"（顶好的田，水旱无忧，收成最好，佃户每约田主来监割，打下谷子，两家平分），我总是坐在小树下看小说。十一二岁时，我稍活泼一点，居然和一群同学组织了一个戏剧班，做了一些木刀竹枪，借得了几副假胡须，就在村口田里做戏。我做的往往是诸葛亮、刘备一类的文角儿；只有一次我做史文恭，被花荣一箭从椅子上射倒下去，这算是我最活泼的玩意儿了。

我在这九年（1895—1904）之中，只学得了读书写字两件事。在文字和思想（看文章）的方面，不能不算是打了一点儿底子。但别的方面都没有发展的机会。有一次我们村里"当朋"（八都凡五村，称为"五朋"，每年一村轮着做太子会，名为"当朋"），筹备太子会，有人提议要派我加入前村的昆腔队学习吹笙或吹笛。族里长辈反对，说我年纪太小，不能跟着太子会走遍五朋。于是我便失掉了这学习音乐的唯一机会。三十年来，我不曾拿过乐器，也全不懂音乐；究竟我有没有一点学音乐的天资，我至今不知道。至于学图画，更是不可能的事。我常常用竹纸蒙在小说书的石印绘像上，摹画书上的英雄美人。有一天，被先生看见了，挨了一顿大骂，抽屉里的图画都被搜出撕毁了。于是我又失掉了学做画家的机会。

但这九年的生活，除了读书看书之外，究竟给了我一点儿做人的训练。在这一点上，我的恩师就是我的慈母。

每天天刚亮时，我母亲就把我喊醒，叫我披衣坐起。我从不知道她醒来坐了多久了。她看我清醒了，便对我说昨天我做错了什么事，说错了什么话，要我认错，要我用功读书。有时候她对我说父亲的种种好处，她说："你总要踏上你老子的脚步。我一生只晓得这一个完全的人，你要学他，不要跌他的股。"（跌股便是丢脸、出丑。）她说到伤心处，往往掉下泪来。到天大明时，她才把我的衣服穿好，催我去上早学。学堂门上的锁匙放在先生家里；我先到学堂门口一望，便跑到先生家里去敲门。先生家里有人把锁匙从门缝里递出来，我拿了跑回去，开了门，坐下念生书。十天之中，总有八九天我是第一个去开学堂门的。等到先生来了，我背了生书，才回家吃早饭。

我母亲管束我最严，她是慈母兼严父。但她从来不在别人面前骂我一句，打我一下。我做错了事，她只对我一望，我看见了她的严厉眼光，便吓住了。犯的事小，她等到第二天早晨我眠醒时才教训我。犯的事大，她等到晚上人静时，关了房门，先责备我，然后行罚，或罚跪，或拧我的肉。无论怎样重罚，总不许我哭出声音来。她教训儿子不是借此出气叫别人听的。

有一个初秋的傍晚，我吃了晚饭，在门口玩，身上只穿着一件单背心。这时候我母亲的妹子玉英姨母在我家住，她怕我冷了，拿了一件小衫出来叫我穿上。我不肯穿，她说："穿上吧，凉了。"我随口回答："娘（凉）什么！老子都不老子呀。"我刚说了这句话，一抬头，看见母亲从家里走出，我赶快把小衫穿上。但她已听见这句轻薄的话了。晚上人静后，她罚我跪下，重重地责罚了一顿。她说："你没了老子，是多么得意的事！好用来说嘴！"她气得坐着发抖，也不许我上床去睡。我跪着哭，用手擦眼泪，不知擦进了什么微菌，后来足足害了一年多的眼翳病。医来医去，总医不好。我母亲心里又悔又急，听说眼翳可以用舌头舔去，有一夜她把我叫醒，她真用舌头舔我的病眼。这是我的严师，我的慈母。

我母亲二十三岁做了寡妇，又是当家的后母。这种生活的痛苦，我的笨笔写不出万分之一二。家中经济本不宽裕，全靠二哥在上海经营调度。大哥从小就是败子，吸鸦片烟，赌博，钱到手就光，光了就回家打主意，见了香炉就拿出去卖，捞着锡茶壶就拿出去押。我母亲几次邀了本家长辈来，给他定下每月用费的数目。但他总不够用，到处都欠下烟债赌债。每年除夕我家中总有一大群讨债的，每人一盏灯笼，坐在大厅上不肯去。大哥早已避出去了。大厅的两排椅子上满满的都是灯笼和债主。我母亲走进走出，料理年夜饭、谢灶神、压岁钱等事，只当做不曾看见这一群人。到了近半夜，快要"封门"了，我母亲才走后门出去，央一位邻舍本家到我家来，每一家债户开发一点钱。作好作歹的，这一群讨债的才一个一个提着灯笼走出去。一会儿，大哥敲门回来了。我母亲从不骂他一句。并且因为是新年，她脸上从不露出一点怒色。这样的过年，我过了六七次。

大嫂是个最无能而又最不懂事的人，二嫂是个很能干而气量很窄小的人。她们常常闹意见，只因为我母亲的和气榜样，她们还不曾有公然相骂相打的事。她们闹气时，只是不说话，不答话，把脸放下来，叫人难看；二嫂生气时，脸色变青，更是怕人。她们对我母亲闹气时，也是如此。我起初全不懂得这一套，后来也渐渐懂得看人的脸色了。我渐渐明白，世间最可厌恶的事莫如一张生气的脸；世间最下流的事莫如把生气的脸摆给旁人看。这比打骂还难受。

我母亲的气量大，性子好，又因为做了后母后婆，她更事事留心，事事格外容忍。大哥的女儿比我只小一岁，她的饮食衣料总是和我的一样。我和她有小争执，总是我吃亏，母亲总是责备我，要我事事让她。后来大嫂、二嫂都生了儿子了，她们生气时便打骂孩子来出气，一面打，一面用尖刻有刺的话骂给别人听。我母亲只装做没听见。有时候，她实在忍不住了，便悄悄走出门去，或到左邻立大嫂家去坐一会，或走后门到后邻度嫂家去闲谈。她从不和两个嫂子吵一句嘴。

每个嫂子一生气，往往十天半个月不歇，天天走进走出，板着脸，咬着嘴，打骂小孩子出气。我母亲只忍耐着，忍到实在不可再忍的一天，她也有她的法子。这一天的天明时，她就不起床，轻轻地哭一场。她不骂一个人，只哭她的丈夫，哭她自己命苦，留不住她丈夫来照管她。她先哭时，声音很低，渐渐哭出声来。我醒了起来劝她，她不肯住。这时候，我总听得见前堂（二嫂住前堂东房）或后堂（大嫂住后堂西房）有一扇房门开了，一个嫂子走出房向厨房走去。不多一会，那位嫂子来敲我们的房门了。我开了房门，她走进来，捧着一碗热茶，送到母亲床前，劝她止哭，请她喝口热茶。我母亲慢慢停住哭声，伸手接了茶碗。那位嫂子站着劝一会儿，才退出去。没有一句话提到什么人，也没有一个字提到这十天半个月来的气脸，然而各人心里明白，泡茶进来的嫂子总是那十天半个月来闹气的人。奇怪得很，这一哭之后，至少有一两个月的太平清静日子。

　　我母亲待人最仁慈，最温和，从来没有一句伤人感情的话；但她有时候也很有刚气，不受一点人格上的侮辱。我家五叔是个无正业的浪人，有一天在烟馆里发牢骚，说我母亲家中有事总请某人帮忙，大概总有什么好处给他。这句话传到了我母亲耳朵里，她气得大哭，请了几位本家来，把五叔喊来，她当面质问他，她给了某人什么好处。直到五叔当众认错赔罪，她才罢休。

　　我在我母亲的教训之下住了九年，受了她的极大极深的影响。我十四岁（其实只有十二岁零两三个月）便离开她了。在这广漠的人海里独自混了二十多年，没有一个人管束过我。如果我学得了一丝一毫的好脾气，如果我学得了一点点待人接物的和气，如果我能宽恕人，体谅人——我都得感谢我的慈母。

十九年十一月廿一夜

背 影

/朱自清

我与父亲不相见已二年余了，我最不能忘记的是他的背影。那年冬天，祖母死了，父亲的差使也交卸了，正是祸不单行的日子，我从北京到徐州，打算跟着父亲奔丧回家。到徐州见着父亲，看见满院狼藉的东西，又想起祖母，不禁簌簌地流下眼泪。父亲说："事已如此，不必难过，好在天无绝人之路！"

回家变卖典质，父亲还了亏空，又借钱办了丧事。这些日子，家中光景很是惨淡，一半为了丧事，一半为了父亲赋闲。丧事完毕，父亲要到南京谋事，我也要回北京念书，我们便同行。

到南京时，有朋友约去游逛，勾留了一日；第二日上午便须渡江到浦口，下午上车北去。父亲因为事忙，本已说定不送我，叫旅馆里一个熟识的茶房陪我同去。他再三嘱咐茶房，甚是仔细。但他终于不放心，怕茶房不妥帖，颇踌躇了一会。其实我那年已二十岁，北京已来往过两三次，是没有什么要紧的了。他踌躇了一会，终于决定还是自己送我去。我两三回劝他不必去，他只说："不要紧，他们去不好！"

我们过了江，进了车站。我买票，他忙着照看行李。行李太多了，得向脚夫行些小费，才可过去。他便又忙着和他们讲价钱。我那时真是聪明过分，总觉他说话不大漂亮，非自己插嘴不可。但他终于讲定了价钱，就送我上车。他给我拣定了靠车门的一张椅子，我将他给我做的紫毛大衣铺好座位。他嘱我路上小心，夜里警醒些，不要受凉。又嘱托茶房好好照应我。我心里暗笑他的迂：他们只认得钱，托他们直是白托！而且我这样大年纪的人，难道还不能料理自己吗？唉，我现在想想，那时真是太聪明了！

我说道："爸爸，你走吧。"他望车外看了看，说："我买几个橘子去。你就在此地，不要走动。"我看那边月台的栅栏外有几个卖东西的等着顾客。走到那边月台，须穿过铁道，须跳下去又爬上去。父亲是一个胖子，走过去自然要费事些。我本来要去的，他不肯，只好让他去。我看见他戴着黑布小帽，穿着黑布大马褂，深青布棉袍，蹒跚地走到铁道边，慢慢探身下去，尚不大难。可是他穿过铁道，要爬上那边月台，就不容易了。他用两手攀着上面，两脚再向上缩；他肥胖的身子向左微倾，显出努力的样子。这时我看见他的背影，我的泪很快地流下来了。我赶紧拭干了泪，怕他看见，也怕别人看见。我再向外看时，他已抱了朱红的橘子往回走了。过铁道时，他先将橘子散放在地上，自己慢慢爬下，再抱起橘子走。到这边时，我赶紧去搀他。他和我走到车上，将橘子一股脑儿放在我的皮大衣上。于是扑扑衣上的泥土，心里很轻松似的，过一会说："我走了，到那边来信！"我望着他走出去。他走了几步，回过头看见我，说："进去吧，里边没人。"等他的背影混入来来往往的人里，再找不着了，我便进来坐下，我的眼泪又来了。

近几年来，父亲和我都是东奔西走，家中光景是一日不如一日。他少年出外谋生，独力支持，做了许多大事。哪知老境却如此颓唐！他触目伤怀，自然情不能自已。情郁于中，自然要发之于外；家庭琐屑便往往触他之怒。他待我渐渐不同往日。但最近两年的不见，他终于忘却我的不好，只是惦记着我，惦记着我的儿子。我北来后，他写了一信给我，信中说道："我身体平安，惟膀子疼痛利害，举箸提笔，诸多不便，大约大去之期不远矣。"我读到此处，在晶莹的泪光中，又看见那肥胖的，青布棉袍，黑布马褂的背影。唉！我不知何时再能与他相见！

1925 年 10 月在北京

藤野先生

/鲁 迅

　　东京也无非是这样。上野的樱花烂熳的时节，望去确也像绯红的轻云，但花下也缺不了成群结队的"清国留学生"的速成班，头顶上盘着大辫子，顶得学生制帽的顶上高高耸起，形成一座富士山。也有解散辫子，盘得平的，除下帽来，油光可鉴，宛如小姑娘的发髻一般，还要将脖子扭几扭。实在标致极了。

　　中国留学生会馆的门房里有几本书买，有时还值得去一转；倘在上午，里面的几间洋房里倒也还可以坐坐的。但到傍晚，有一间的地板便常不免要咚咚咚地响得震天，兼以满房烟尘斗乱；问问精通时事的人，答道："那是在学跳舞。"

到别的地方去看看，如何呢？

我就往仙台的医学专门学校去。从东京出发，不久便到一处驿站，写道：日暮里。不知怎地，我到现在还记得这名目。其次却只记得水户了，这是明的遗民朱舜水先生客死的地方。仙台是一个市镇，并不大；冬天冷得利害，还没有中国的学生。

大概是物以稀为贵罢。北京的白菜运往浙江，便用红头绳系住菜根，倒挂在水果店头，尊为"胶菜"；福建野生着的芦荟，一到北京就请进温室，且美其名曰"龙舌兰"。我到仙台也颇受了这样的优待，不但学校不收学费，几个职员还为我的食宿操心。我先是住在监狱旁边一个客店里的，初冬已经颇冷，蚊子却还多，后来用被盖了全身，用衣服包了头脸，只留两个鼻孔出气。在这呼吸不息的地方，蚊子竟无从插嘴，居然睡安稳了。饭食也不坏。但一位先生却以为这客店也包办囚人的饭食，我住在那里不相宜，几次三番，几次三番地说。我虽然觉得客店兼办囚人的饭食和我不相干，然而好意难却，也只得别寻相宜的住处了。于是搬到别一家，离监狱也很远，可惜每天总要喝难以下咽的芋梗汤。

从此就看见许多陌生的先生，听到许多新鲜的讲义。解剖学是两个教授分任的。最初是骨学。其时进来的是一个黑瘦的先生，八字须，戴着眼镜，挟着一叠大大小小的书。一将书放在讲台上，便用了缓慢而很有顿挫的声调，向学生介绍自己道：

"我就是叫作藤野严九郎的……"

后面有几个人笑起来了。他接着便讲述解剖学在日本发达的历史，那些大大小小的书，便是从最初到现今关于这一门学问的著作。起初有几本是线装的；还有翻刻中国译本的，他们的翻译和研究新的医学，并不比中国早。

那坐在后面发笑的是上学年不及格的留级学生，在校已经一年，掌故颇为熟悉的了。他们便给新生讲演每个教授的历史。这藤野先生，据说是穿衣服太模糊了，有时竟会忘记戴领结；冬天是一件旧外套，寒颤颤的，有一回上火车去，致使管车的疑心他是扒手，叫车里的客人大家小心些。

他们的话大概是真的，我就亲见他有一次上讲堂没有戴领结。

过了一星期，大约是星期六，他使助手来叫我了。到了研究室，见他坐在人骨和许多单独的头骨中间，——他其时正在研究着头骨，后来有一篇论文在本校的杂志上发表出来。

"我的讲义，你能抄下来吗？"他问。

"可以抄一点。"

"拿来我看！"

我交出所抄的讲义去，他收下了，第二三天便还我，并且说，此后每一星期要送给他看一回。我拿下来打开看时，很吃了一惊，同时也感到一种不安和感激。原来我的讲义已经从头到末，都用红笔添改过了，不但增加了许多脱漏的地方，连文法的错误，也都一一订正。这样一直继续到教完了他所担任的功课：骨学、血管学、神经学。

可惜我那时太不用功，有时也很任性。还记得有一回藤野先生将我叫到他的研究室里去，翻出我那讲义上的一个图来，是下臂的血管，指着，向我和蔼地说道：

"你看，你将这条血管移了一点位置了。自然，这样一移，的确比较的好看些，然而解剖图不是美术，实物是那么样的，我们没法改换它。现在我给你改好了，以后你要全照着黑板上那样地画。"

但是我还不服气，口头答应着，心里却想道：

"图还是我画的不错；至于实在的情形，我心里自然记得的。"

学年试验完毕之后，我便到东京玩了一夏天，秋初再回学校，成绩早已发表了，同学一百余人之中，我在中间，不过是没有落第。这回藤野先生所担任的功课，是解剖实习和局部解剖学。

解剖实习了大概一星期，他又叫我去了，很高兴地，仍用了极有抑扬的声调对我说道：

"我因为听说中国人是很敬重鬼的，所以很担心，怕你不肯解剖尸体。现在总算放心了，没有这回事。"

但他也偶有使我很为难的时候。他听说中国的女人是裹脚的，但不知道详细，所以要问我怎么裹法，足骨变成怎样的畸形，还叹息道："总要看一看才知道。究竟是怎么一回事呢？"

有一天，本级的学生会干事到我寓里来了，要借我的讲义看。我捡出来交给他们，却只翻检了一通，并没有带走。但他们一走，邮差就送到一封很厚的信，拆开看时，第一句是：

"你改悔罢！"

这是《新约》上的句子罢，但经托尔斯泰新近引用过的。其时正值日俄战争，托老先生便写了一封给俄国和日本的皇帝的信，开首便是这一句。日本报纸上很斥责他的不逊，爱国青年也愤然，然而暗地里却早受了他的影响了。其次的话，大略是说上年解剖学试验的题目，是藤野先生讲义上做了记号，我预先知道的，所以能有这样的成绩。末尾是匿名。

我这才回忆到前几天的一件事。因为要开同级会，干事便在黑板上写广告，末一句是"请全数到会勿漏为要"，而且在"漏"字旁边加了一个圈。我当时虽然觉到圈得可笑，但是毫不介意，这回才悟出那字也在讥刺我了，犹言我得了教员漏泄出来的题目。

我便将这事告知了藤野先生；有几个和我熟识的同学也很不平，一同去诘责干事托辞检查的无礼，并且要求他们将检查的结果，发表出来。终于这流言消灭了，干事却又竭力运动，要收回那一封匿名信去。结末是我便将这托尔斯泰式的信退还了他们。

中国是弱国，所以中国人当然是低能儿，分数在六十分以上，便不是自己的能力了：也无怪他们疑惑。但我接着便有参观枪毙中国人的命运了。第二年添教霉菌学，细菌的形状是全用电影来显示的，一段落已完而还没有到下课的时候，便影几片时事的片子，自然都是日本战胜俄国的情形。但偏有中国人夹在里边：给俄国人做侦探，被日本军捕获，要枪毙了，围着看的也是一群中国人；在讲堂里的还有一个我。

"万岁！"他们都拍掌欢呼起来。

这种欢呼，是每看一片都有的，但在我，这一声却特别听得刺耳。此后回到中国来，我看见那些闲看枪毙犯人的人们，他们也何尝不酒醉似的喝彩，——呜呼，无法可想！但在那时那地，我的意见却变化了。

到第二学年的终结，我便去寻藤野先生，告诉他我将不学医学，并且离开这仙台。他的脸色仿佛有些悲哀，似乎想说话，但竟没有说。

"我想去学生物学，先生教给我的学问，也还有用的。"其实我并没有决意要学生物学，因为看得他有些凄然，便说了一个慰安他的谎话。

"为医学而教的解剖学之类，怕于生物学也没有什么大帮助。"他叹息说。

将走的前几天，他叫我到他家里去，交给我一张照相，后面写着两个字道，"惜别"，还说希望将我的也送他。但我这时适值没有照相了；他便叮嘱我将来照了寄给他，并且时时通信告诉他此后的状况。

我离开仙台之后，就多年没有照过相，又因为状况也无聊，说起来无非使他失望，便连信也怕敢写了。经过的年月一多，话更无从说起，所以虽然有时想写信，却又难以下笔，这样的一直到现在，竟没有寄过一封信和一张照片。从他那一面看起来，是一去之后，杳无消息了。

但不知怎地，我总还时时记起他，在我所认为我师的之中，他是最使我感激，给我鼓励的一个。有时我常常想：他的对于我的热心的希望，不倦的教诲，小而言之，是为中国，就是希望中国有新的医学；大而言之，是为学术，就是希望新的医学传到中国去。他的性格，在我的眼里和心里是伟大的，虽然他的姓名并不为许多人所知道。

他所改正的讲义，我曾经订成三厚本，收藏着的，将作为永久的纪念。不幸七年前迁居的时候，中途毁坏了一口书箱，失去半箱书，恰巧这讲义也遗失在内了。责成运送局去找寻，寂无回信。只有他的照相至今还挂在我北京寓居的东墙上，书桌对面。每当夜间疲倦，正想偷懒时，仰面在灯光中瞥见他黑瘦的面貌，似乎正要说出抑扬顿挫的话来，便使我忽又良心发现，而且增加勇气了，于是点上一枝烟，再继续写些为"正人君子"之流所深恶痛疾的文字。

十月十二日

（一九二六年）

寄给一个失恋人的信（一）

/梁遇春

秋心：

在我这种懒散心情之下，居然呵开冻砚，拿起那已经有一星期没有动的笔，来写这封长信；无非是因为你是要半年才有封信。现在信来了，我若是又迟延好久才复，或者一搁起来就忘记去了；将来恐怕真成个音信渺茫，生死莫知了。

来信你告诉我你起先对她怎样钟情想由同她互爱中得点人生的慰藉，她本来是何等的温柔，后来又如何变成铁石心人，同你现在衰颓的生活，悲观的态度。整整写了二十张十二行的信纸，我看了非常高兴。我知道你绝对不会想因为我自己没有爱人，所以看别人丢了爱人，就现出卑鄙的笑容来。若使你对我能够有这样的见解，你就不写这封悱恻动人的长信给我了。我真有可以高兴的理由。在这万分寂寞一个人坐在炉边的时候，几千里外来了一封八年前老朋友的信，痛快地暴露他心中最深一层的秘密，推心置腹般娓娓细谈他失败的情史，使我觉得世界上还有一个人这样爱我，信我，来向我找些同情同热泪，真好像一片洁白耀目的光线，射进我这精神上之牢狱。最叫我满意的是由你这信我知道现在的秋心还是八年前的秋心。八年的时光，流水行云般过去了。现在我们虽然还是少年，然而最好的青春已过去一大半了。所以我总是爱想到从前的事情。八年前我们一块游玩的情境，自然直率的谈话是常浮现在我梦境中间，尤其在讲堂上睁开眼睛所做的梦的中间。你现在写信来哭诉你的怨情简直同八年前你含着一泡眼泪咽着声音讲给我听你父亲怎样骂你的神气一样。但是我那时能够用手巾来擦干你的眼泪，现在呢？我只好仗我这枝秃笔来替那陪你呜咽，抚你肩膀低声地安慰。秋心，我们虽然八年没有见一面，半年一通信，你小孩时候雪白的脸，桃红的颊同你眉目间那一股英武的气概却长存在我记忆里头，我们天天在校园踏着桃花瓣的散步，树荫底下石阶上面坐着唧唧哝哝的谈天，回想起来真是亚当没有吃果前乐园的生活。当我读关于美少年的文学，我就记起我八年前的游伴。无论是述 Narcissus 的故事，Shakespeare 百余首的十四行诗，Gray 给 Bonstetten 的信，Keats 的 Endymion，Wilde 的 Dorian Gray 都引起我无限的愁思而怀着久不写信给我的秋心。十年前的我也不像现在这么无精打采的形相，那时我性情也温和得多，面上也充满有青春的光彩，你还记着我们那一回修学旅行吧？因为我是生长在城市，不会爬山，你是无时不在我旁边，拉着我的手走上那崎岖光滑的山路。你一面走一面又讲好多故事，来打散我恐惧的心情。我那一回出疹子，你瞒着你的家人，到我家里，瞧个机会不给我家人看见跑到我床边来。你喘气也喘不过来似讲的："好容易同你谈几句话！我来了五趟，不是给你祖母拦住，就是被你父亲拉着，说一大阵什么染后会变麻子……"这件事我想一定是深印在你心中。忆起你那时的殷勤情谊更觉得现在我天天碰着的人的冷酷，也更使我留恋那已经不可再得的春风里的生活。提起往事，徒然加你的惆怅，还是谈别的吧。

来信中很含着"既有今日，何必当初"的意思。这差不多是失恋人的口号，也是失恋人心中最苦痛的观念。我很反对这种论调，我反对，并不是因为我想打破你的烦恼同愁怨。一个人的情调应当任它自然地发展，旁人更不当来用话去压制它的生长，使他堕到一种莫明其妙的烦闷网子里去。真真同情于朋友忧愁的人，绝不会残忍地去扑灭他朋友怀在心中的幽情。他一定是用他的情感的共鸣使他朋友得点真同情的好处，我总觉"既有今日，何必当初"这句话对"过去"未免太藐视了。我是个恋着"过去"的骸骨同化石的人，我深切感到"过去"在人生的意义，尽管你讲什么，"从前种种譬如昨日死，以后种种譬如今日生"同 Let bygones be bygones；"从前"是不会死的。不算形质上看不见，它的精神却还是一样地存在。"过去"也不至于烟消火灭般过去了，它总留下深刻的足迹。理想主义者看宇宙一切过程都是向一个目的走去的，换句话就是世界上物事都是发展一个基本的意义的。他们把"过去"包在"现在"中间一齐往"将来"的路上走，所以 Emerson 讲"只要我们能够得到‘现在’，把‘过去’拿去狗子罢了"。这可算是诗人的幻觉。这么漂亮的肥皂泡子不是人人都会吹的。我们老爱一部一部地观察人生，好像舍不得这样猪八戒吃人参果般用一个大抽象概念解释过去。所以我要深深地领略人生的味的人们，非把"过去"当做有它独立的价值不可，千万不要只看做"现在"的工具。由我们生来不带乐观性的人看来，"将来"总未免太渺茫了，"现在"不过一刹那，好像一个没有存在的东西似的，所以只有"过去"是这不断时间之流中站得住的岩石。我们只好紧紧抱着它，才免得受漂流无依的苦痛，"过去"是个美术化的东西，因为它同我们隔远看不见了，它另外有一种缥缈不实之美。好像一块风景近看瞧不出好来，到远处一望，就成个美不胜收的好景了。为的是已经物质上不存在，只在我们心境中憬憧着，所以"过去"又带了神秘的色彩。对于我们含有 Melancholy 性质的人们，"过去"更是个无价之宝。Howthorne 在他《古屋之苔》书中说："我对我往事的记忆，一个也不能丢了。就是错误同烦恼，我也爱把它们记着。一切的回忆同样地都是我精神的食料。现在把它们都忘丢，就是同我没有活在世间过一样。"不过"过去"是很容易被人忽略去的。而一般失恋人的苦恼都是由忘记"过去"，太重"现在"的结果。实在讲起来，失恋人所失丢的只是一小部分现在的爱情。他们从前已经过去的爱情是存在"时间"的宝库中，绝对不会丢失的。在这短促的人生，我们最大的需求同目的是爱，过去的爱同现在的爱是一样重要的。因为现在的爱丢了就把从前之爱看得一样也不值，这就有点近视眼了。只要从前你们曾经真挚地互爱过，这个记忆已很值得好好保存起来，作这千灾百难人生的慰藉，所以我意思是，"今日"是"今日"，"当初"依然是"当初"，不要因为有了今日这结果，把"当初"一切看做都是镜花水月白费了心思的。爱人的目的是爱情，为了目前小波浪忽然舍得将几年来两人辛辛苦苦织好的爱情之网用剪子铰得粉碎，这未免是不知道怎样去多领略点人生之味的人们的态度了。秋心我劝你将这网子仔细保护着，当你感到寂寞或孤栖的时候，把这网子慢慢张开在你心眼的前面，深深地去享受它的美丽，好像吃过青果后回味一般，那也不枉你们从前的一场要好了。

照你信的口气，好像你是天下最不幸的人，秋心你只知道情人的失恋是可悲哀，你还不晓得夫妇中间失恋的痛苦。你现在失恋的情况总还带三分 Romantic 的色彩，她虽然是不爱你了，但是能够这样忽然间由情人一变变做陌路之人，倒是件痛快的事——其痛快不下给一个运刀如飞杀人不眨眼的刽子手杀下头一样。最苦的是那一种结婚后二人爱情渐渐不知不觉间淡下去。心中总是感到从前的梦有点不能实现，而一方面对"爱情"也有些麻木不仁起来。这种肺病的失恋是等于受凌迟刑。挨这种苦的人，精神天天痿痹下去，生活力也一层一层沉到零的地位。这种精神的死亡才是天地间惟一的惨剧。也就因为这种惨剧旁人看不出来，有时连自己都不大明白，所以比别的要惨苦得多。你现在虽然失恋但是你还有一肚子的怨望，还想用很多力与长信去告诉你的惟一老朋友，可见你精神仍是活泼泼跳动着。对于人生还觉得有趣味——不管詈骂运命，或是赞美人生——总不算个不幸的人。秋心你想我这话有点道理吗？

秋心，你同我谈失恋，真是"流泪眼逢流泪眼"了。我也是个失恋的人，不过我是对我自己的失恋，不是对于在我外面的她的失恋。我这失恋既然是对于自己，所以不显明，旁人也不知道。因此也是更难过的苦痛。无志的呜咽比号啕叫是更悲哀得多了。我想你现在总是白天魂不守舍地胡思乱想，晚上睁着眼睛看黑暗在那里怔怔发呆，这么下去一定会变成神经衰弱的病。我近来无聊得很，专爱想些不相干的事。我打算以后将我所想的报告给你，你无事时把我所想出的无聊思想拿来想一番，这样总比你现在毫无头绪的乱想，少费心力点罢。有空时也希望你想到哪里笔到哪里般常写信给我。两个伶仃孤苦的人何妨互相给点安慰呢！

寄给一个失恋人的信（二）

/梁遇春

秋心：

　　在我心境万分沉闷的时候，接到你由艳阳的南方来的信，虽然只是潦草几行，所说的又是凄凉酸楚的话，然而我眉开眼笑起来了。我不是因为有个烦恼伴侣，所以高兴。真真尝过愁绪的人，是不愿意他的朋友也挨这刺心的苦痛。哪个躺在床上呻吟的病人，会愿意他的家人来同病相怜呢？何况每人有自各的情绪，天下绝找不出同样烦闷的人们。可是你的信，使我回忆到我们的过去生活；从前那种天真活泼充满生机的日子却从时光宝库里发出灿烂的阳光，我这彷徨怅惘的胸怀也反照得生气勃勃了。

你信里很有流水年华，春花秋谢的感想。这是人们普遍都感到的。我还记得去年读 Arnold Bennett 的 The Old Wives'Tale 最后几页的情形。那是在个静悄悄的冬夜，电灯早已暗了，烛光闪着照那已熄的火炉。书中是说一个老妇人在她丈夫死去那夜的悲哀。"最感动她心的是他曾经年轻过，渐渐地老了，现在是死了。他一生就是这么一回事。青春同壮年总是这么结局。什么事情都是这么结局。"Bennett 到底是写实派第一流人物，简简单单几句话把老寡妇的心事写得使我们不能不相信。我当时看完了那末章，觉有个说不出的失望，痴痴地坐着默想，除了渺茫、惨淡、单调、无味，……几个零碎感想外，又没有什么别的意思。以后有时把这些话来咀嚼一下，又生出赞美这青春同逝水一般流去了的想头。假使世上真有驻颜的术，不老的丹，Oscar Wilde 的 Dorian Gray 的梦真能实现，每人都有无穷的青春，那时我们的苦痛比现在恐怕会好得多些，另外有"青春的悲哀"了。本来青春的美就在它那种蜻蜓点水燕子拍绿波的同我们一接近就跑去这一点。看着青春的易逝，才觉得青春的可贵，因此也更想能够在这一去不返的瞬间里得到无穷的快乐。所以在青春时节我们特别有生气，一颗心仿佛是清早的花园，张大了花瓣吸收朝露。青春的美大部分就存在着这种努力享乐惟恐不及生命力的跳跃。若使每人前面全现一条不尽的花草缤纷的青春的路，大家都知道青春是常驻的，没有误了青春的可怕，谁天天也懒洋洋起来了。青春给我们一抓到，它的美就失丢了，同肥皂泡子相像，只好让它在空中飞翔，将青天红楼全缩映在圆球外面，可是我们的手一碰，立刻变为乌有了。

就说是对这呆板不变的青春，我们仍然能够有些赞赏，不断单调的享乐也会把人弄烦腻了，天下没整天吃糖口胃不觉难受的人了。而且把青春变成家常事故，它的浪漫飘渺的美丽也全不见了。本来人活着精神物质方面非动不可，所以在对将来抱着无限希望同捶心跌脚追悔往事，或者回忆从前黄金时代这两个心境里，生命力是不停地奔驰，生活也觉得丰富，而使精神往来享受现在是不啻叫血管不流一般的自杀政策，将生命的花弄枯萎了。不同外河相通的小池终免不了变成秽水，不同别人生同情的心总是枯涸无聊。没有得到爱的少年对爱情是毛病的，做黄金好梦的恋人是充满了欢欣，失恋人同结婚不得意的人在极端失望里爆发出一线对爱情依依不舍的爱恋，和凤凰烧死后又振翼复活再度幼年的时光一样。只有结婚后觉得满意的人是最苦痛的，他们达到日日企望的地方，却只觉空虚渐渐地涨大，说不出所以然来，也想不来一个比他们现状再好的境界，对人生自然生淡了，一切的力气免不了麻痹下去。人生最怕的是得意，使人精神废驰，一切灰心的事情无过于不散的筵席。你还记得前年暑假我们一块划船谈 Wordsworth 诗的快乐罢？那时候你不是极赞美他那首 Yarrow Unvisited 说我们应当不要走到尽头，高声地唱：

> Twill soothe us in our sorrow
>
> That earth has something yet to show,
>
> The bonny holms of Yarrow!

青春之所以可爱也就在它给少年以希望，赠老年以惆怅。（安慰人的能力同希望差不多，比心满意足，登高山洒几滴亚历山大的泪的空虚是好几万倍了。）好多人埋怨青春骗了我们，先允许我们一个乐园，后来毫不践言只送些眼泪同长叹。然而这正是青春的好处，它这样子供给我们勇气，不至于陷于颓偿了的无为。希望的妙处全包含在它始终是希望这样事里面，若使个希望都化做铁硬的事实，那样什么趣味一笔勾销了的世界还有谁愿意住吗？所以年青人可以唱恋爱的歌，失恋人同死了爱人的人也做得出很好失望（希望的又一变相，骨子里差不多的东西）同悼亡的诗，只有那在所谓甜蜜家庭两人互相妥协着的人们心灵是化作灰烬。Keats 在情诗中歌颂死同日本人无缘无故地相约情死全是看清楚此中奥妙后的表现。他们只怕青春的长留着，所以用死来划断这青春黄金的线。这般情感锐敏的人若生在青春常驻的世界，他们的受难真不是言语所能说。这些话不是我有意要慰解你才说的，这的确我自己这么相信。春花秋谢，谁看着免不了嗟叹。然而假设花老是这么娇红欲滴地开着，春天永久不离大地，这种雕刻似的死板板的美景更会令人悲伤。因为变更是宇宙的原则，也可算做赏美中一般重要成分。并且春天既然是老滞在人间，我们也跟着失丢了每年一度欢迎春来热烈的快乐。由美神经灵敏人看来，残春也别有它的好处，甚至比艳春更美，为的是里面带种衰颓的色调，互相同春景对照着，十分地显出那将死春光的欣欣生意。夕阳所以"无限好"，全靠着"近黄昏"。让瞥眼过去的青春长留个不灭的影子在心中，好像 Pompeii 废墟，劫后余烬，有人却觉得比完整建筑还好。若使青春的失丢，真是件惨事，倚着拐杖的老头也不会那么笑嘻嘻地说他们的往事了。

缄情寄向黄泉

/石评梅

我如今是更冷静，更沉默地挟着过去的遗什去走向未来的。我四周有狂风，然而我是掀不起波澜的深潭；我前边有巨涛，然而我是激不出声响的顽石。

颠沛搏斗中我是生命的战士，是极勇敢、极郑重、极严肃的向未来的城垒进攻的战士。我是不断地有新境遇，不断地有新生命的；我是为了真实而奋斗，不是追逐幻象而疲奔的。

知道了我的走向人生的目标。辛，一年来我虽然有不少的哀号和悲忆，你也不须为生的我再抱遗恨和不安。如今我是一道舒畅平静向大海去的奔流，纵然缘途在山峡巨谷中或许发出凄痛的呜咽！那只是积沙岩石旋涡冲击的原因，相信它是会得到平静的，会得到创造真实生命的愉快的，它是一直奔到大海去的。

辛！你的生命虽不幸早被腐蚀而夭逝，不过我也不过分地再悼感你在宇宙间曾存留的幻体。我相信只要我自己生命闪耀存在于宇宙一天，你是和我同在的。辛！你要求于人间的，你希望于我自己的，或许便是这些吧！

深刻的情感是受过长久的理智的熏陶的。是由深谷底潜流中一滴一滴渗透出来的。我是投自己于悲剧中而体验人生的。所以我便牺牲人间一切的虚荣和幸福，在这冷墟上，你的坟墓上，培植我用血泪浇洒的这束野花来装饰点缀我们自己创造下的生命。辛！除了这些我不愿再告你什么，我想你果真有灵，也许赞助我一样的努力。

一年之后，世变几迁，然而我的心是依然这样平静冷寂的，抱持着我理想上的真实而努力。有时我是低泣，有时我是痛哭；低泣，你给与我的死寂；痛哭，你给与我的深爱。然而有时我也很快乐，我也很骄傲。我是睥视世人微微含笑，我们的圣洁的高傲的孤清的生命是巍然峙立于皑皑的云端。

生命的圆满，生命的圆满，有几个懂得生命的圆满？那一般庸愚人的圆满，正是我最避忌恐怖的缺陷。我们的生命是肉体和骨头吗？假如我们的生命是可以毁灭的幻体，那么，辛！我的这颗迂回潜隐的心，也早应随你的幻体而消逝。我如今认识了一个完成的圆满生命是不能消灭，不能丢弃，不能忘记；换句话说，就是永远存在。多少人都希望我毁灭，丢弃，忘记，把我已完成的圆满生命抛去。我终于不能。才知道我们的生命并未死，仍然活着，向前走着，在无限的高处创造建设着。

　　我相信你的灵魂，你的永远不死的心，你的在我心里永存的生命；是能鼓励我，指示我，安慰我，这孤寂凄清的旅途。我如今是愿挑上这副担子走向遥远的黑暗的，荆棘的生到死的道上。一头我挑着已有的收获，一头我挑着未来的耕耘，这样一步一步走向无穷的。

　　自你死后，我便认识了自己，更深地了解自己。同时朋友中是贤最知道我，他似乎这样说过：

　　"她生来是一道大江，你只应疏凿沙石让她舒畅地流入大海，断不可堵塞江口，把水引去点缀帝王之家的宫殿楼台。"

　　辛！你应该感谢他！他自从由法华寺归路上我晕厥后救护起，一直到我找到了真实生命；他都是启示我、指导我、帮助我、鼓励我。由积沙岩石的旋涡波涌中，把我引上了坦平的海道。如今，我能不怨愤，不悲哀，没有沉重的苦痛永远缠绕的，都是因为我已有了奔流的河床。只要我平静地舒畅地流啊，流啊，流到一个归宿的地方去，绝无一种决堤泛滥之灾来阻挠我。

　　辛！你应感谢他！你所要在死后希望我要求我努力的前途，都是你忠诚的朋友，他一点一滴地汇聚下伟大的河床，帮助我移我的泉水在上边去奔流，无阻碍奔向大海去的。像我目下这样伎静时的心情，能这样平淡地写这封信给你，你也会奇怪我吧！我已不是从前呜咽哀号，颓丧消沉的我；我是沉默深刻，容忍涵蓄一切人间的哀痛，而努力去寻求生命的真确的战士。

　　我不承认这是自骗的话。因为我的路是这样自然，这样平坦地走去的。放心！你别我一年多，而我能这般去辟一个理想的乐园，也许是你惊奇的吧！

你一定愿意知道一点，关于弟弟的消息，前三天我忽然接到他一封信，他现在是被你们那古旧的家庭囚闭着，所以他已失学一年多了。这种情形，自然你会伤感的，假如你要活着，他绝对不能受这样的苦痛，因为你是能帮助他脱却一切桎梏而创造新生命的。如今他极愤激，和你当日同你家庭暗斗的情形一样。而我也很相信静弟是能觅到他的光明的前途的，或者你所企望的一切事业志愿，他都能给你有圆满的完成。他的信是这样说的：

> 自别京地回家之后，实望享受几天家庭的乐趣，以慰我一年来感受了的苦痛。谁知我得到的，是无限量的烦恼！

> 我回来的时候，家中已决定令我废学，及我归后，复屡次向我表示斯旨，我虽竭词解释，亦无济于事。

> 读姊来信，说那片荒凉的境地，也被践踏蹂躏而不得安静，我更替我黄泉下的哥哥愤激！不料一年来的变迁，竟有如斯其悲惨！

> 一切境遇，一切遭逢，皆足以使人伤心掉泪！

> 我希望于家庭的，是要借得他来援助完成我的志愿，我的事业，但家庭则不然。他使我远近游学的一点心迹，是希望我猎得一些禄位金钱来光荣祖墓家风。这些事我们青年人看起来，就是头衔金银冠里满身，那也算不了什么稀奇的光荣！我每想到环境的压迫，恒愿一死为快。但是到了死的关头，好像又有许多不忍的观念来掣肘似的。我不愿死，我死固不足惜；但我死而一切该死的人不能竟行

死去。我将以此不死的躯骸，向着该死的城垒进攻！

我现在的希望已绝，但我仍流连不忍即离去者，实欲冀家庭之能有一时觉悟，如我心愿亦未可定！如或不然，我将决于明年为行期，毅然决然地要离开他、远避他，和他行最后决裂的敬礼。

愿你勿为了一切黑暗的，荆棘的环境愁烦！我们从生到死的途径上，就像日的初升；纵然有时被浮云遮蔽，仍然是要继续发光的。

我们走向前去吧！我们走向前去吧！环境的阻挠在我们生命的途中，终于是等若浮云。

辛！是残月深更，在一个冷漠枯寂的初冬之夜，我接读静弟这封依稀是你字迹，依稀是你语句的信。久不流的酸泪又到了眶边，我深深地向你遗像叹息！记得静弟未离京时，他曾告过贤以他将来前途的黯淡，他那时便决心要和家庭破裂。是我和贤婉劝他，能用善良的态度去感化而有效时，千万不要和家庭破裂。因为思想的冲突，是环境时代不同的差别之争。应该原谅老年人们的陈腐思想，是一时代中的产物；并不是他对于子女有意对垒似的向你宣战。因之，能辗转委婉去和家庭解释。令他能觉悟到什么是现代青年人应做的工作，自我的警策。令他知道我们青年人，绝对再不能为古旧的家庭或社会作涂饰油彩的机械傀儡。父母年老，假如一旦你的消息泄露，静弟再远走愤去。那你们家庭的惨淡、黑暗、悲痛，定连目下都不如，这也不是你的愿意和静弟的希望吧！所以我一直都系念着静弟，那最后决裂的敬礼。

认识我们，和我们要好的朋友，现在大半都云散四方，去创造追求各个的生命希望去了。只有你的贤哥，和我的晶妹，还在这块你埋骨的地方，伴着你。朋友们都离京后，时局也日在幻变，陷入死境，要找寻前二年的那种环境和兴趣已不可得。所以连你坟头都那样凄寂。去年那些小弟弟们，知道你未曾见过你的朋友们，他们都是常常在你的墓畔喝酒野餐，痛哭高歌的。帮助我建碑种树修墓的都是他们。如今，连这个梦也闭幕了。你墓头不再有那样欢欣，那样热闹的聚会了。

他们都走向远方去了。

自从那块地方驻兵后，连我都不敢常去。任你墓头变成了牧场，牛马践踏蹂躏了你的墓砖，吃光了环绕你墓的松林，那块白石的墓碑上有了剥蚀的污秽的伤痕。我们不幸在现代作人受欺凌不能安静，连你作鬼的坟茔都要受意外的灾劫；说起来真令人愤激万分。辛！这世界，这世界，四处都是荆棘，四处都是刀兵，四处都是喘息着生和死的呻吟，四处都洒滴着血和泪的遗痕。我是撑着这弱小的身躯，投入在这腥风血雨中搏战着走向前去的战士，直到我倒毙在旅途上为止。

我并不感伤一切既往，我是深谢着你是我生命的盾牌，你是我灵魂的主宰。从此就是自在地流，平静地流，流到大海的一道清泉。辛！一年之后，我在辗转哀吟，流连痛苦之中，我能告诉你的，大概只有这些话。你永久的沉默死寂的灵魂啊！我致献这一篇哀词于你吐血的周年这天。

十五年十一月十八日

她走了

/梁遇春

　　她走了，走出这古城，也许就这样永远走出了我的生命了。她本是我生命源泉的中心里的一朵小花，她的根总是种在我生命的深处，然而此后我也许再也见不到那隐有说不出的哀怨的脸容了。这也可说我的生命的大部分已经从我生命里消逝了。

　　两年前我的懦怯使我将这朵花从心上轻轻摘下，（世上一切残酷大胆的事情总是懦怯弄出来的，许多自杀的弱者，都是因为起先太顾惜生命了，生命果然是安稳地保存着，但是自己又不得不把它扔掉。弱者只怕失败，终免不了一个失败，天天兜着这个圈子，兜的回数愈多，也愈离不开这个圈子了!）——两年前我的懦怯使我将这朵小花从心上摘下，花叶上沾着几滴我的心血，它的根当还在我心里，我的血就天天从这折断处涌出，化成脓了。所以这两年来我的心里的贫血症是一年深一年了。今天这朵小花，上面还污染着我的血，却要随着江水——清流乎？浊流乎？天知道！——流去，我就这么无能为力地站在岸上，这么心里狂涌着鲜红的血。"谁道人生无再少，门前流水尚能西。"但是我凄惨地相信西来的弱水绝不是东去的逝波。否则，我愿意立刻化作牛矢满面的石板在溪旁等候那万万年后的某一天。

她走之前，我向她扯了多少瞒天的大谎呀！但是我的鲜血都把它们染成为真实了。还没有涌上心头时是个谎话，一经心血的洗礼，却变做真实的真实了。我现在认为这是我心血惟一的用处。若使她知道个个谎都是从我心房里榨出，不像那信口开河的真话，她一定不让我这样不断地扯谎着。我将我生命的精华搜集在一起，全放在这些谎话里面，掷在她的脚旁，于是乎我现在剩下来的只是这堆渣滓，这个永远是渣滓的自己。我好比一根火柴，跟着她已经擦出一朵神奇的火花了，此后的岁月只消磨于躺在地板上做根腐朽的木屑罢了！人们践踏又何妨呢？"推枰犹恋全输局"，我已经把我的一生推在一旁了，而且丝毫也不留恋着。

她劝我此后还是少抽烟，少喝酒，早些睡觉，我听着我心里欢喜得正如破晓的枝头弄舌的黄雀，我不是高兴她这么挂念着我，那是用不着证明的，也是言语所不能证明的，我狂欢的理由是我看出她以为我生命还未全行枯萎，尚有留恋自己生命的可能，所以她进言的时期还没有完全过去；否则，她还用得着说这些话吗？我捧着这血迹模糊的心求上帝，希望她永久保留有这个幻觉。我此后不敢不多喝酒，多抽烟，迟些睡觉，表示我的生命力尚未全尽，还有心情来扮个颓丧者，因此使她的幻觉不全是个幻觉。虽然我也许不能再见她的倩影了，但是我却有些迷信，只怕她靠着直觉能够看到数千里外的我的生活情形。

她走之前，她老是默默地听我的忏情的话，她怎能说什么呢？我怎能不说呢？但是她的含意难伸的形容向我诉出这十几年来她辛酸的经验，悲哀已爬到她的眉梢同她的眼睛里去了，她还用得着言语吗？她那轻脆的笑声是她沉痛的心弦上弹出的绝调，她那欲泪的神情传尽人世间的苦痛，她使我凛然起敬，我觉得无限的惭愧，只好滤些清净的心血，凝成几句的谎言。天使般的你呀！我深深地明白你会原宥，我从你的原宥我得到这个人惟一的价值。你对我说："女子多半都是心地极偏狭的，顶不会容人的，我却是心地最宽大的。"你这句自白做了我黑暗的心灵的闪光。

我真的认识得你吗？真走到你心窝的隐处吗？我绝不这样自问着，我知道在我不敢讲的那个字的立场里，那个字就是惟一的认识。心心相契的人们哪里用得着知道彼此的姓名和家世。

你走了，我生命的弦戛然一声全断了，你听见了没有？

写这篇东西时，开头是用"她"字，但是有几次总误写做"你"字，后来就任情地写"你"字了。仿佛这些话迟早免不了被你瞧见，命运的手支配着我的手来写这篇文字，我又有什么办法哩！

（原载 1930 年 6 月 23 日《骆驼草》）

纪念志摩去世四周年

/林徽因

今天是你走脱这世界的四周年！朋友，我们这次拿什么来纪念你？前两次的用香花感伤的围上你的照片，抑住嗓子底下叹息和悲哽，朋友和朋友无聊地对望着，完成一种纪念的形式，俨然是愚蠢的失败。因为那时那种近于伤感，而又不够宗教庄严的举动，除却点明了你和我们中间的距离，生和死的间隔外，实在没有别的成效；几乎完全不能达到任何真实纪念的意义。

去年今日我意外地由浙南路过你的家乡，在昏沉的夜色里我独立火车门外，凝望着那幽暗的站台，默默地回忆许多不相连续的过往残片，直到生和死间居然幻成一片模糊，人生和火车似的蜿蜒一串疑问在苍茫间奔驰。我想起你的：

> 火车禽住轨，在黑夜里奔
>
> 过山，过水，过……

如果那时候我的眼泪曾不自主地溢出睫外，我知道你定会原谅我的。你应当相信我不会向悲哀投降，什么时候我都相信倔强的忠于生的，即使人生如你底下所说：

> 就凭那精窄的两道，算是轨，
>
> 驮着这份重，梦一般的累坠！

就在那时候我记得火车慢慢地由站台拖出，一程一程地前进，我也随着酸怆的诗意，那"车的呻吟"，"过荒野，过池塘，……过噤口的村庄"。到了第二站——我的一半家乡。

今年又轮到今天这一个日子！世界仍旧一团糟，多少地方是黑云布满粗着筋络往理想的反面猛进，我并不在瞎说，当我写：

> 信仰只一细炷香，
>
> 那点子亮再经不起西风
>
> 沙沙的隔着梧桐树吹

朋友，你自己说，如果是你现在坐在我这位子上，迎着这一窗太阳：眼看着菊花影在墙上描画作态；手臂下倚着两沓今早的报纸；耳朵里不时隐隐地听着朝阳门外"打靶"的枪弹声；意识的，潜意识的，要明白这生和死的谜，你又该写成怎样一首诗来，纪念一个死别的朋友？

此时，我却是完全的一个糊涂！习惯上我说，每桩事都像是造物的意旨，归根都是运命，但我明知道每桩事都有我们自己的影子在里面烙印着！我也知道每一个日子是多少机缘巧合凑拢来拼成的图案，但我也疑问其间的摆布谁是主宰。

据我看来：死是悲剧的一章，生则更是一场悲剧的主干！我们这一群剧中的角色自身性格与性格矛盾，理智与情感两不相容，理想与现实当面冲突，侧面或反面激成悲哀。日子一天一天向前转，昨日和昨日堆垒起来混成一片不可避脱的背景，做成我们周遭的墙壁或气氛，那么结实又那么缥缈，使我们每一人站在每一天的每一个时候里都是那么主要，又是那么渺小无能为力！

此刻我几乎找不出一句话来说，因为，真的，我只是个完全的糊涂；感到生和死一样的不可解，不可懂。

但是我却要告诉你，虽然四年了你脱离去我们这共同活动的世界，本身停掉参加牵引事体变迁的主力，可是谁也不能否认，你仍立在我们烟涛渺茫的背景里，间接地是一种力量，尤其是在文艺创造的努力和信仰方面。间接地你任凭自然的音韵，颜色，不时的风轻月白，人的无定律的一切情感，悠断悠续地仍然在我们中间继续着生，仍然与我们共同交织着这生的纠纷，继续着生的理想。你并不离我们太远。你的身影永远挂在这里那里，同你生前一样的飘忽，爱在人家不经意时苍止，带来勇气的笑声也总是那么嘹亮，还有，还有经过你热情或焦心苦吟的那些诗，一首一首仍串着许多人的心旋转。

说到你的诗，朋友，我正要正经地同你再说一些话。你不要不耐烦。这话迟早我们总要说清的。人说盖棺论定，前者早已成了事实，这后者在这四年中，说来叫人难受，我还未曾读到一篇中肯或诚实的论评，虽然对你的赞美和攻讦由你去世后一两周间，就纷纷开始了。但是他们每人手里拿的都不像纯文艺的天平，有的喜欢你的为人，有的疑问你私人的道德；有的单单尊崇你诗中所表现的思想哲学，有的仅喜爱那些软弱的细致的句子，有的每发议论必须牵涉到你的个人生活之合乎规矩方圆，或断言你是轻薄，或引证你是浮奢豪侈！朋友，我知道你从不介意过这些，许多人的浅陋老实或刻薄处你早就领略过一堆，你不只未曾生过气，并且常常表现怜悯同原谅；你的心情永远是那么洁净；头老抬得那么高；胸中老是那么完整的诚挚；臂上老有那么许多不折不挠的勇气。但是现在的情形与以前却稍稍不同，你自己既已不在这里，做你朋友的，眼看着你被误解，曲解，乃至于谩骂，有时真忍不住替你不平。

但你可别误会我心眼儿窄，把不相干的看成重要，我也知道误解曲解谩骂，都是不相干的，但是朋友，我们谁都需要有人了解我们的时候，真了解了我们，即使是痛下针砭，骂着了我们的弱处错处，那整个的我们却因而更增添了意义，一个作家文艺的总成绩更需要一种就文论文，就艺术论艺术的和平判断。

你在《猛虎集》"序"中说"世界上再没有比写诗更惨的事"，你却并未说明为什么写诗是一桩惨事，现在让我来个注脚好不好？我看一个人一生为着一个愚诚的倾向，把所感受到的复杂的情绪尝味到的生活，放到自己的理想和信仰的锅炉里烧炼成几句悠扬铿锵的语言（哪怕是几声小唱），来满足他自己本能的艺术的冲动，这本来是个极寻常的事。哪一个地方哪一个时代，都不断有这种人。轮着做这种人的多半是为着他情感来的比寻常人浓富敏锐，而为着这情感而发生的冲动更是非实际的——或不全是实际的——追求，而需要那种艺术的满足而已。说起来写诗的人的动机多么简单可怜，正是如你"序"里所说"我们都是受支配的善良的生灵"！虽然有些诗人因为他们的成绩特别高厚广阔包括了多数人，或整个时代的艺术和思想的冲动，从此便在人间披上神秘的光圈，使"诗人"两字无形中挂着崇高的色彩。这样使一般努力于用韵文表现或描画人在自然万物相交错时的情绪思想的，便被人的成见看做夸大狂的旗帜，需要同时代人的极冷酷地讥讪和不信任来扑灭它，以挽救人类的尊严和健康。

我承认写诗是惨淡经营，孤立在人中挣扎的勾当，但是因为我知道太清楚了，你在这上面单纯的信仰和诚恳的尝试，为同业者奋斗，卫护他们的情感的愚诚，称扬他们艺术的创造，自己从未曾求过虚荣，我觉得你始终是很逍遥舒畅的。如你自己所说："满头血水"，你"仍不曾低头"，你自己相信"一点性灵还在那里挣扎"，"还想在实际生活的重重压迫下透出一些声响来"。

简单地说，朋友，你这写诗的动机是坦白不由自主的，你写诗的态度是诚实，勇敢而倔强的。这在讨论你诗的时候，谁都先得明了的。

至于你诗的技巧问题，艺术上的造诣，在这新诗仍在彷徨歧路的尝试期间，谁也不能坚决地论断，不过有一桩事我很想提醒现在讨论新诗的人，新诗之由于无条件无形制宽泛到几乎没有一定的定义时代，转入这讨论外形内容，以至于音节韵脚章句意象组织等艺术技巧问题的时期，即是根据着对这方面努力尝试过的那一些诗，你的头两个诗集子就是供给这些讨论见解最多材料的根据。外国的土话说"马总得放在马车的前面"，不是？没有一些尝试的成绩放在那里，理论家是不能老在那里发一堆空头支票的，不是？

你自己一向不只在那里倔强地尝试用功，你还会用尽你所有活泼的热心鼓励别人尝试，鼓励"时代"起来尝试，——这种工作是最犯风头嫌疑的，也只有你胆子大头皮硬顶得下来！我还记得你要印诗集子时我替你捏一把汗，老实说还替你在有文采的老前辈中间难为情过，我也记得我初听到人家找你办《晨报副刊》时我的焦急，但你居然板起个脸抓起两把鼓槌子为文艺吹打开路乃至于扫地，铺鲜花，不顾旧势力的非难，新势力的怀疑，你干你的事"事有人为，做了再说"那股子劲，以后别处也还很少见。

现在你走了，这些事渐渐在人的记忆中模糊下来，你的诗和文章也散漫在各小本集子里，压在有极新鲜的封皮的新书后面，谁说起你来，不是马马虎虎地承认你是过去中一个势力，就是拿能够挑剔看轻你的诗为本事（散文人家很少提到，或许"散文家"没有诗人那么光荣，不值得注意），朋友，这是没法子的事，我却一点不为此灰心，因为我有我的信仰。

我认为我们这写诗的动机既如前面所说那么简单愚诚，因在某一时，或某一刻敏锐地接触到生活上的锋芒，或偶然地触遇到理想峰巅上云彩星霞，不由得不在我们所习惯的语言中，编缀出一两串近于音乐的句子来，慰藉自己，解放自己，去追求超实际的真美，读诗者的反应一定有一大半也和我们这写诗的一样诚实天真，仅想在我们句子中间由音乐性的愉悦，接触到一些生活的底蕴渗合着美丽的憧憬；把我们的情绪给他们的情绪搭起一座浮桥；把我们的灵感，给他们生活添些新鲜；把我们的痛苦伤心再揉成他们自己忧郁的安慰！

我们的作品会不会再长存下去，就看它们会不会活在那一些我们从来不认识的人，我们作品的读者，散在各时、各处互相不认识的孤单的人的心里的，这种事它自己有自己的定律，并不需要我们的关心的。你的诗据我所知道的，它们仍旧在这里浮沉流落，你的影子也就浓淡参差地系在那些诗句中，另一端印在许多不相识人的心里。朋友，你不要过于看轻这种间接的生存，许多热情的人他们会为着你的存在，而加增了生的意识的。伤心的仅是那些你最亲热的朋友们和同兴趣的努力者，你不在他们中间的事实，将要永远是个不能填补的空虚。

你走后大家就提议要为你设立一个"志摩奖金"来继续你鼓励人家努力诗文的素志，勉强象征你那种对于文艺创造拥护的热心，使不及认得你的青年人永远对你保存着亲热。如果这事你不觉到太寒伧不够热气，我希望你原谅你这些朋友们的苦心，在冥冥之中笑着给我们勇气来做这一些蠢诚的事吧。

二十四年十一月十九日北平

别 话

/许地山

素辉病得很重，离她停息的时候不过十二个时辰了。她丈夫坐在一边，一手支颐，一手把着病人的手臂，宁静而恳挚的眼光都注在他妻子的面上。

黄昏的微光一分一分地消失，幸而房里都是白的东西，眼睛不至于失了它们的辨别力。屋里的静默，早已布满了死的气色，看护妇又不进来，她的脚步声只在门外轻轻地跳过去，好像告诉屋里的人说："生命的步履不望这里来，离这里渐次渐远了。"

强烈的电光忽然从玻璃泡里的金丝发出来。光的浪把那病人的眼睑冲开。丈夫见她这样，就回复他的希望，恳挚地说：

"你——你醒过来了！"

素辉好像没有听见这话，眼望着他，只说别的。她说："嗳，珠儿的父亲，在这时候，你为什么不带她来见见我？"

"明天带她来。"

屋里又沉默了许久。

"珠儿的父亲哪，因为我身体软弱、多病的缘故，教你牺牲许多光阴来看顾我，还阻碍你许多比服侍我更要紧的事。我实在对你不起。我的身体实不容我……"

"不要紧的，服侍你也是我应当做的事。"

她笑，但白的被窝中所显出来的笑容并不是欢乐的标识。她说："我很对不住你，因为我不曾为我们生下一个男儿。"

"哪里的话！女孩子更好。我爱女的。"

凄凉中的喜悦把素辉身中预备要走的魂拥回来。她的精神似乎比前强些，一听丈夫那么说，就接着道："女的本不足爱：你看许多人——连你——为女人惹下多少烦恼！……不过是——人要懂得怎样爱女人，才能懂得怎样爱智慧。不会爱或拒绝爱女人的，纵然他没有烦恼，他是万灵中最愚蠢的人。珠儿的父亲，珠儿的父亲哪，你佩服这话吗？"

这时，就是我们——旁边的人——也不能为珠儿的父亲想出一句答辞。

"我离开你以后，切不要因为我就一辈子过那鳏夫的生活。你不要为我的缘故，依我方才的话爱别的女人。"她说到这里把那只几乎动不得的右手举起来，向枕边摸索。

"你要什么？我替你找。"

"戒指。"

丈夫把她的手扶下来，轻轻在她枕边摸出一支玉戒指来递给她。

"珠儿的父亲，这戒指虽不是我们订婚用的，却是你给我的。你可以存起来，以后再给珠儿的母亲，表明我和她的连属。除此以外，不要把我的东西给她，恐怕你要当她是我；不要把我们的旧话说给她听，恐怕她要因你的话就生出差别心，说你爱死的妇人甚于爱生的妻子。"她把戒指轻轻地套在丈夫左手的无名指上。丈夫随着扶她的手与他的唇边略一接触。妻子对于这番厚意，只用微微睁开的眼睛看着他。除掉这样的回报，她实在不能表现什么。

丈夫说："我应当为你做的事，都对你说过了。我再说一句，无论如何，我永久爱你。"

"咦，再过几时，你就要把我的尸体扔在荒野中了！虽然我不常住在我的身体内，可是人一离开，再等到什么时候，在什么地方才能互通我们恋爱的消息呢？若说我们将要住在天堂的话，我想我也永无再遇见你的日子，因为我们的天堂不一样。你所要住的，必不是我现在要去的。何况我还不配住在天堂？我虽不信你的神，我可信你所信的真理。纵然真理有能力，也不为我们这小小的缘故就永远把我们结在一块。珍重罢，不要爱我于离别之后。"

丈夫既不能说什么话，屋里只可让死的静寂占有了。楼底下恍惚敲了七下自鸣钟。他为尊重医院的规则，就立起来，握着素辉的手说："我的命，再见罢，七点钟了。"

"你不要走，我还和你谈话。"

"明天我早一点来，你累了，歇歇罢。"

"你总不听我的话。"她把眼睛闭了，显出很不愿意的样子。丈夫无奈，又停住片时，但她实在累了，只管躺着，也没有什么话说。

丈夫轻轻蹑出去。一到楼口，那脚步又退后走，不肯下去。他又蹑回来，悄悄到素辉床边，见她显着昏睡的形态。枯涩的泪点滴不下来，只挂在眼睑之间。

鲁迅先生记

/萧 红

鲁迅先生家里的花瓶，好像画上所见的西洋女子用以取水的瓶子，灰蓝色，有点从瓷釉而自然堆起的纹痕，瓶口的两边，还有两个瓶耳，瓶里种的是几棵万年青。

我第一次看到这花的时候，我就问过：

"这叫什么名字？屋里既不生火炉，也不冻死？"

第一次，走进鲁迅家里去，那是近黄昏的时节，而且是个冬天，所以那楼下室稍微有一点暗，同时鲁迅先生的纸烟，当它离开嘴边而停在桌角的地方，那烟纹的卷痕一直升腾到他有一些白丝的发梢那么高，而且再升腾就看不见了。

"这花，叫'万年青'，永久这样！"他在花瓶旁边的烟灰盒中，抖掉了纸烟上的灰烬，那红的烟火，就越红了，好像一朵小红花似的和他的袖口相距离着。

"这花不怕冻？"以后，我又问过，记不得是在什么时候了。

许先生说："不怕的，最耐久！"而且她还拿着瓶口给我摇着。

我还看到了那花瓶的底边是一些圆石子，以后，因为熟识了的缘故，我就自己动手看过一两次，又加上这花瓶是常常摆在客厅的黑色长桌上；又加上自己是在自寒带的北方，对于这在四季里都不凋零的植物，总带着一点惊奇。

而现在这"万年青"依旧活着，每次到许先生家去，看到那花，有时仍站在那黑色的长桌子上，有时站在鲁迅先生照像的前面。

花瓶是换了，用一个玻璃瓶装着，看得到淡黄色的须根，站在瓶底。

有时候许先生一面和我们谈论着，一面检查着房中所有的花草。看一看叶子是不是黄了？该剪掉的剪掉，该洒水的洒水，因为不停地动作是她的习惯。有时候就检查着这"万年青"，有时候就谈鲁迅先生，就在他的照像前面谈着，但那感觉，却像谈着古人那么悠远了。

至于那花瓶呢？站在墓地的青草上面去了，而且瓶底已经丢失，虽然丢失了也就让它空空地站在墓边。我所看到的是从春天一直站到秋天，它一直站到邻旁墓头的石榴树开了花而后结成了石榴。

从开炮以后，只有许先生绕道去过一次，别人就没有去过。当然那墓草是长得很高了，而且荒了，还说什么花瓶，恐怕鲁迅先生的瓷半身像也要被荒了的草埋没到他的胸口。

我们在这边，只能写纪念鲁迅先生的文章，而谁去努力剪齐墓上的荒草？我们是越去越远了，但无论多么远，那荒草是总要记在心上的。

1937 年 8 月

永在的温情

/郑振铎

　　十月十九日下午五点钟，我在一家编译所一位朋友的桌上，偶然拿起了一份刚送来的 Evening Post，被这样的一个标题"中国的高尔基今晨五时去世"惊骇得一跳。连忙读了下来，这惊骇变成了事实：果然是鲁迅先生去世了！

　　这消息像闪雷似的，当头打了下来，我呆坐在那里不言不动。

　　谁想得到这可怕的噩耗竟这样地突然地来呢？

　　鲁迅先生病得很久了，间歇地发着热，但热度并不甚高。一年以来，始终不曾好好地恢复过，但也从不曾好好地休息过。半年以来，情形尤显得不好。缠绵在病榻上总有三四个月。前一个月，听说他要到日本去。但茅盾告诉我，双十节那一天还遇见他在 lsis 看 Dobrovsky，中国木刻画展览会，他也曾去参观。总以为他是渐渐地复原了，能够出来走走了。谁又想得到这可怕的噩耗竟这样突然地来呢？

刚在前几天，他还有信给我，说起一部书出版的事；还附带地说，想早日看见《十竹斋笺谱》的刻成。我还没有来得及写回信。

谁想得到这可怕的噩耗竟这样地突然地来呢？

我一夜不曾好好地安心地睡。

第二天赶到万国殡仪馆，站在他遗像的面前，久久地走不开。再一看，他的遗体正在像下，在鲜花的包围里，面貌还是那么清癯而带些严肃，但双眼却永远地闭上了。

我要哭出来，大声地哭，但我那时竟流不出眼泪，泪水为悲戚永在的温情所灼干了。我站在那里，久久走不开。我竟不相信，他竟是那样突然地便离我们而远远地向不可知的所在而去了。

但他的友谊的温情却是永在的，永在我的心上——也永在他的一切友人的心上，我相信。

初和他见面时，总以为他是严肃的冷酷的。他的瘦削的脸上，轻易不见笑容。他的谈吐迟缓而有力，渐渐地谈下去，在那里面你便可以发现其可爱的真挚，热情的鼓励与亲切的友谊。他虽不笑，他的话却能引你笑。他是最可谈、最能谈的朋友，你可以坐在他客厅里，他那间书室（兼卧室）里，坐上半天，不觉得一点拘束、一点不舒服。什么话都谈。但他的话头却总是那么有力。他的见解往往总是那么正确。失去了这样的一位温情的朋友，就个人讲，将是怎样的一个损失呢？

他最勤于写作，也最鼓励人写作。他会不惮其烦地几天几夜地在替一位不认识的青年，或一位不深交的朋友，改削创作，校正译稿。其仔细和小心远过于一位私塾的教师。

他曾和我谈起一件事：有一位不相识的青年寄一篇稿子来请求他改。他仔仔细细地改了寄回去。那青年却写信来骂他一顿，说被改涂得太多了。第二次又寄一篇稿子来，他又替他改了寄回去。这一次的回信，却责备他改得太少。

"现在做事真难极了！"他慨叹地说道。对于人的不易对付和做事之难，他这几年来时时地深切地感到。

但他并不灰心，仍然在做着吃力不讨好的改削创作、校正译稿的事，挣扎着病躯，深夜里，仔仔细细地为不相识的青年或不深交的朋友在工作。

这样的温情的指导者和朋友，一旦失去了，将怎样地令人感到不可补赎之痛呢！

他所最恨的是那些专说风凉话而不肯切实做事的人。……

他常感到"工作"的来不及做，特别是在最近一两年，凡做一件事，都总要快快地做。

"迟了恐怕要来不及了。"这句话他常在说。

那样的清楚的心境，我们都是同样的深切地感到的。想不到他自己真的便是那么快的便逝去，还留下要做的许多事没有来得及做——但，后死者却要继续他的事业下去的！

最早使我笼罩在他温热的友情之下的，是一次讨论到"三言"问题的信。

我在上海研究中国小说，完全像盲人骑瞎马，乱闯乱摸，一点凭借都没有，只是节省着日用，以浅浅的薪水购书，而即以所购人之零零落落的破书，作为研究的资源。那时候实在贫乏得、肤浅得可笑，偶尔得到一部原版的《隋唐演义》却以为是了不得的奇遇，至于"三言"之类的书，却是连梦魂里也不曾读到。

他的《中国小说史略》的出版，减少了许多我在暗中摸索之苦。我有一次写信问他"三言"的事，他的回信很快便来了，附来的是他抄录的一张《醒世恒言》的全目——这张目录我至今还保全在我的一部中国小说史略里。他说，《喻世》《警世》，他也没有见到。《醒世恒言》他只有半部。但有一位朋友那里藏有全书，所以他便借了来，抄下目录寄给我。

当时，我对于这个有力的帮助，说不出应该怎样的感激才好。这目录供给了我好几次的应用。

后来，我很想看看《西湖二集》，又写信问他有没有。不料随了回信同时递到的却是一包厚厚的包裹。打开了看时，却是半部明末版的《西湖二集》，附有全图。我那时实在眼光小得可怜，几曾见过几部明版附插图的平话集，见了《西湖二集》为之狂喜！而他的信道，他现在不弄中国小说，这书留在手边无用，送了给我吧。这贵重的礼物，从一个只见一面的不深交的朋友那里来，这感动是至今跃跃在心头的。

我生平从没有意外的获得。我的所藏的书，一部部都是很辛苦地设法购得的，购书的钱，都是夜灯下疾书的所得或减衣缩食的所余。一部部书都可看出我自己的夏日的汗，冬夜的凄栗，有红丝的睡眼，右手执笔处的指端的硬茧和酸痛的右臂。但只有这一集可宝贵的书，乃是我书库里惟一的友情的赠与——只有这一部书！

现在这部《西湖二集》也还堆在我最珍爱的几十部明版书的中间，看了它便要泫然泪下。这可爱的直率的真挚的友情，这不意中的难得的帮助，如今是不能再有了！

但我心头的温情是永在的！这温情也永在他的一切友人的心上，我相信。

猫

/夏丏尊

　　白马湖新居落成，把家眷迁回故乡的后数日，妹就携了四岁的外甥女，由二十里外的夫家雇船来访。自从母亲死后，兄弟们各依了职业迁居外方，故居初则赁与别家，继则因兄弟间种种关系，不得不把先人有过辛苦历史的高大屋宇，受让给附近的暴发户，于是兄弟们回故乡的机会就少，而妹也已有六七年无归宁的处所了。这次相见，彼此既快乐又酸辛，小孩之中，竟有未曾见过姑母的。外甥女当然不认得舅妗和表姊，虽经大人指导勉强称呼，总都是呆呆地相觑着。

　　新居在一个学校附近，背山临水，地位清静，只不过平屋四间。论其构造，连老屋的厨房还比不上，妹却极口表示满意：

"虽比不上老屋，终究是自己的房子，我家在本地已有多年没有房子了！自从老屋卖去以后，我有多少被人瞧不起！每次乘船经过老屋面前真是……"

妻见妹说时眼圈有点红了，就忙用话岔开：

"妹妹你看，我老了许多罢？你却总是这样后生。"

"三姊倒不老！——人总是要老的，大家小孩都已这样大了，他们大起来，就是我们在老起来。我们已六七年不见了呢。"

"快弄饭去罢！"我听了他们的对话，恐再牵入悲境，故意打断话头，使妻走开。

妹自幼从我学会了酒，能略饮几杯。兄妹且饮且谈，嫂也在旁羼着。话题由此及彼，一直谈到饭后，还连续不断。每到妹和妻要谈到家事或婆媳小姑关系上去，我总立即设法打断，因为我是深知道妹在夫家的境遇的，很不愿在难得晤面的当初，就引起悲怀。

忽然，天花板上起了嘈杂的鼠声。

"新造的房子，老鼠就这样多吗？"妹惊讶了问。

"大概是近山的缘故罢。据说房子未造好就有了老鼠的。晚上更厉害，今夜你听，好像在打仗哩，你们那里怎样？"妻说。

"还好，我家有猫，快要产小猫了，将来可捉一只来。"

"猫也大有好坏，坏的猫老鼠不捕，反要偷食，到处撒屎，倒是不养好。"我正在寻觅轻松的话题，就顺了势讲到猫上去。

"猫也和人一样，有种子好不好的，我那里的猫，是好种，不偷食，每朝把屎撒在盛灰的畚斗里。——你记得从前老四房里有一只好猫罢。我们那只猫，就是从老四房讨去的小猫。近来听说老四房里断了种了，——每年生一胎，附近养蚕的人家都来千求万恳地讨，据说讨去都不淘气的。现在又快要生小猫了。"

老四房里的那只猫向来有名。最初的老猫，是曾祖在世时，就有了的，不知是哪里得来的种子，白地，小黄黑花斑，毛色很嫩，望上去像上等的狐皮"金银嵌"。善捉鼠性质却柔顺得了不得，当我小的时候，常去抱来玩弄，听它念肚里佛，挖看它的眼睛，不啻是一个小伴侣。后来我由外面回家，每走到老四房去，有时还看见这小伴侣的子孙。曾也想讨一只小猫到家里去养，终难得逢到恰好有小猫的机会，自迁居他乡，十年来久不忆及了，不料现在种子未绝，妹家现在所养的，不知已是最初老猫的几世孙了。家道中落以来，田产室庐大半荡尽，而曾祖时代的猫，尚间接地在妹家留着种子，这真是一种不可思议的缘，值得叫人无限感兴的了。

"哦！就是那只猫的种子！好的，将来就给我们一只。那只猫的种子是近地有名的。花纹还没有变吗？"

"你喜欢哪一种？——大约 胎多则三只，少则两只，其中大概有一只是金银嵌的，有一二只是白中带黑斑的，每年都是如此。"

"那自然要金银嵌的啰。"我脑中不禁浮出孩时小伴侣的印象来。更联想到那如云的往事，为之茫然。

妻和妹之间，猫的谈话，仍被继续着，儿女中大些的张了眼听，最小的阿满，摇着妻的膝问："小猫几时会来？"我也靠在藤椅上吸着烟默然听她们说。

"小猫的时候，要教会它才好。如果撒屎在地板上了，就捉到撒屎的地方，当着它的屎打，到碗中偷食吃的时候，就把碗摆在它的前面打，这样打了几次，它就不敢乱撒屎多偷食了。"

妹的猫教育论，引得大家都笑了。

次晨，妹说即须回去，约定过几天再来久留几日，临走的时候还说：

"昨晚上老鼠吵得真厉害，下次来时，替你们把猫捉来罢。"

妹去后，全家多了一个猫的话题。最性急的自然是小孩，他们常问："姑妈几时来？"其实都是为猫而问，我虽每回答他们："自然会来的，性急什么？"而心里也对于那与我家一系有二十多年历史的猫，怀着迫切的期待，巴不得妹——猫快来。

妹的第二次来，在一个月以后，带来的只是赠送小孩的果物和若干种的花草和苗种，并没有猫。说前几天才出生，要一个月后方可离母，此次生了三只，一只是金银嵌的，其余两只，是黑白花和狸斑花的，讨的人家很多，已替我们把金银嵌的留定了。

猫的被送来，已是妹第二次回去后半月光景的事，那时已过端午，我从学校回去，一进门妻就和我说：

"妹妹今天差人把猫送来了，她有一封信在这里。说从回去以后就有些不适应。大约是寒热，不要紧的。"

我从妻手里接了信草草一看，同时就向室中四望：

"猫呢？"

"她们在弄它，阿吉阿满，你们把猫抱来给爸爸看看！"

立刻，柔弱的"尼亚尼亚"声从房中听得阿满抱出猫来：

"会念佛的，一到就蹲在床下，妈说它是新娘子呢。"

我在女儿手中把小猫熟视着说：

"还小呢，别去捉它，放在地上，过几天会熟的。当心碰见狗！"

阿满将猫放下。猫把背一耸就踉跄得向房里遁去。接着就从房内发出柔弱的"尼亚尼亚"的叫声。

"去看看它躲在什么地方。"阿吉和阿满蹑着脚进房去。

"不要去捉它啊！"妻从后叮嘱她们。

猫确是金银嵌，虽然产毛未退，黄白还未十分夺目，尽足依约地唤起从前老四房里的小伴侣的印象。"尼亚尼亚"的叫声，和"咪咪"的呼叫声，在一家中起了新气氛，在我心中却成了一个联想过去的媒介，想到儿时的趣味，想到家况未中落时的光景。

与猫同来的，总以为不成问题的妹的病消息，一二日后竟由沉重而至于危笃，终于因恶性疟疾引起了流产，一下未足月的女孩儿弃去这世界了。

一家人参与丧事完毕从丧家回来，一进门就听到"尼亚尼亚"的猫声。

"这猫真不利，它是首先来报妹妹的死信的！"妻见了猫叹息着说。

猫正在檐前伸了小足爬搔着柱子，突然见我们来，就跟跄逃去，阿满赶到橱下把它捉来了，捧在手里：

"你不要逃，都是你不好！妈！快打！"

"畜牲晓得什么？唉，真不利！"妻呆呆地望着猫这样说，忘记了自己的矛盾，倒弄得阿满把猫捧在手里瞪目茫然了。

"把它关在伙食间里，别放它出来！"我一壁说一壁懒懒地走入卧室睡去。我实在已怕看这猫了。

立时从伙食间里发出"尼亚尼亚"的悲鸣声和嘈杂的搔爬声来。努力想睡，总是睡不着。原想起来把猫重新放出，终于无心动弹，连向那就在房外的妻女叫一声"把猫放出"的心绪也没有，只让自己听着那连续的猫声，一味沉浸在悲哀里。

从此以后，这小小的猫在全家成了一个联想死者的媒介，特别的在我，这猫所暗示的新的悲哀的创伤，是用了家道中落等类的怅惘包裹着的。

伤逝的悲怀，随着暑期一天一天地淡去，猫也一天一天地长大，从前被全家所诅咒的这不幸的猫，这时渐被全家宠爱珍惜起来了，当作了死者的纪念物。每餐给它吃鱼，归阿满饲它，晚上抱进房里，防恐被人偷了或是被野狗咬伤。

　　白玉似的毛地上，黄黑斑错落得非常明显，当那蹲在草地上或跳掷在凤仙花丛里的时候，望去真是美丽。每当附近四邻或路过的人，见了称赞说："好猫!"的时候，妻脸上就现出一种莫可言说的矜夸，好像是养着一个好儿子或是好女儿。特别地是阿满：

　　"这是我家的猫，是姑母送来的，姑母死了，就剩了这只猫了!"她当有人来称赞这猫的时候，不管那些人陌生与不陌生，总会睁圆了眼起劲地对他说明这些。

　　猫做了一家的宠儿了，每餐食桌旁总有它的位置，偶然偷了食或是乱撒了屎，虽然依妹的教育法是要就地罚打的，妻也总看妹面上宽恕过去。阿吉阿满一从学校里回来就用了带子逗它玩，或是捉迷藏似的在庭间追赶它。我也常于初秋的夕阳中坐在檐下对了这跳掷小动物作种种的遐想。

　　那是快近中秋的一个晚上的事：湖上邻居的几位朋友，晚饭后散步到了我家里，大家在月下闲话，阿满和猫在草地上追逐着玩。客去后，我和妻搬进几椅正要关门就寝，妻照例记起猫来：

　　"咪咪!"

　　"咪咪!"阿吉阿满也跟着唤。

　　可是却听不到猫的"尼亚尼亚"的回答。

　　"没有呢! 哪里去了? 阿满，不是你捉出来的吗? 去寻来!"妻着急起来了。

"刚刚在天井里的。"阿满瞠了眼含糊地回答，一壁哭了起来。

"还哭！都是你不好！夜了还捉出来做什么呢？——咪咪咪咪！"妻一壁责骂阿满一壁戛了声再唤。

可是仍听不到猫的"尼亚尼亚"的回答。

叫小孩睡好了，重新找寻，室内室外，东邻西舍，到处分头都寻遍，哪有猫的影儿？连方才谈天的几位朋友都过来帮着在月光下寻觅，也终于不见形影。一直闹到十二点多钟月亮已照屋角为止。

"夜深了，把窗门暂时开着，等它自己回来罢——偷食没有日偷的，或者被狗咬死了，但又不听见它叫。也许不至于此，今夜且让它去罢。"我宽慰着妻，关了大门，先入卧室去。在枕上还听到妻的"咪咪"的呼声。

猫终于不回来。从次日起，一家好像失了什么似的，都觉到说不出的寂寥。小孩从放学回来也不如平日的高兴，特别地在我，于妻女所感的以外，顿然失却了沉思过去种种悲欢往事的媒介物，觉得寂寥更甚。

第三日傍晚，我因寂寥不过了，独自在屋后山边散步，忽然在山脚田坑中发现猫的尸体。全身黏着水泥，软软地倒在坑里，毛贴着肉，身躯细了好些，项有血迹，似确是被狗或者野兽咬毙了的。

"猫在这里！"我不自觉叫了说。

"在哪里?"妻和女孩先后跑来,见了猫都呆呆地几乎一时说不出话。

"可怜!定是野狗咬死的。阿满,都是你不好!前晚你不捉它出来,哪里会死呢?下世去要成冤家啊!——唉!妹妹死了,连妹妹给我们的猫也死了。"妻说时声音呜咽了。

阿满哭了,阿吉也呆着不动。

"进去罢,死了也就算了,人都要死哩,别说猫!快叫人来把它葬了。"我催她们离开。

妻和女孩进去了。我向猫作了最后的一瞥,在昏黄中独自徘徊。日来已失去了联想媒介的无数往事,都回光返照似的一时强烈地齐现到心上来了。

贰 他乡的情思

乡梦中，

每一个清晨，每一丝斜阳，每一份温情。

这些幅细致的画境与美意，

时时涌上心头，让人不禁回顾。

北平的四季

/郁达夫

对于一个已经化为异物的故人，追怀起来，总要先想到他或她的好处；随后再慢慢的想想，则觉得当时所感到的一切坏处，也会变作很可寻味的一些纪念，在回忆里开花。关于一个曾经住过的旧地，觉得此生再也不会第二次去长住了，身处入了远离的一角，向这方向的云天遥望一下，回想起来的，自然也同样地只是它的好处。

中国的大都会，我前半生住过的地方，原也不在少数；可是当一个人静下来回想起从前，上海的闹热，南京的辽阔，广州的乌烟瘴气，汉口武昌的杂乱无章，甚至于青岛的清幽，福州的秀丽，以及杭州的沉着，总归都还比不上北京——我住在那里的时候，当然还是北京——的典丽堂皇，幽闲清妙。

先说人的分子罢，在当时的北京——民国十一二年前后——上自军财阀政客名优起，中经学者名人，文士美女教育家，下而至于负贩拉车铺小摊的人，都可以谈谈，都有一艺之长，而无憎人之貌；就是由荐头店荐来的老妈子，除上炕者是当然以外，也总是衣冠楚楚，看起来不觉得会令人讨嫌。

其次说到北京物质的供给哩，又是山珍海味，洋广杂货，以及萝卜白菜等本地产品，无一不备，无一不好的地方。所以在北京住上两三年的人，每一遇到要走的时候，总只感到北京的空气太沉闷，灰沙太暗淡，生活太无变化；一鞭出走，出前门便觉胸舒，过卢沟方知天晓，仿佛一出都门，就上了新生活开始的坦道似的；但是一年半载，在北京以外的各地——除了在自己幼年的故乡以外——去一住，谁也会得重想起北京，再希望回去，隐隐地对北京害起剧烈的怀乡病来。这一种经验，原是住过北京的人，个个都有，而在我自己，却感觉得格外的浓，格外的切。最大的原因或许是为了我那长子之骨，现在也还埋在郊外广谊园的坟山，而几位极要好的知己，又是在那里同时毙命的受难者的一群。

北平的人事品物，原是无一不可爱的，就是大家觉得最要不得的北平的天候，和地理联合上一起，在我也觉得是中国各大都会中所寻不出几处来的好地。为叙述的便利起见，想分成四季来约略地说说。

北平自入旧历的十月之后，就是灰沙满地，寒风刺骨的季节了，所以北平的冬天，是一般人所最怕过的日子。但是要想认识一个地方的特异之处，我以为顶好是当这特异处表现得最圆满的时候去领略；故而夏天去热带，寒天去北极，是我一向所持的哲理。北平的冬天，冷虽则比南方要冷得多，但是北方生活的伟大幽闲，也只有在冬季，使人感受得最彻底。

先说房屋的防寒装置吧，北方的住屋，并不同南方的摩登都市一样，用的是钢骨水泥，冷热气管；一般的北方人家，总只是矮矮的一所四合房，四面是很厚的泥墙；上面花厅内都有一张暖炕，一所回廊；廊子上是一带明窗，窗眼里糊着薄纸，薄纸内又装上风门，另外就没有什么了。在这样简陋的房屋之内，你只教把炉子一生，电灯一点，棉门帘一挂上，在屋里住着，却一辈子总是暖炖炖像是春三四月里的样子。尤其会使你感觉到屋内的温软堪恋的，是屋外窗外面呜呜在叫嚣的西北风。天色老是灰沉沉的，路上面也老是灰的围障，而从风尘灰土中下车，一踏进屋里，就觉得一团春气，包围在你的左右四周，使你马上就忘记了屋外的一切寒冬的苦楚。若是喜欢吃吃酒，烧烧羊肉锅的人，那冬天的北方生活，就更加不能够割舍；酒已经是御寒的妙药了，再加上以大蒜与羊肉酱油合煮的香味，简直可以使一室之内，涨满了白蒙蒙的水蒸温气。玻璃窗内，前半夜，会流下一条条的清汗，后半夜就变成了花色奇异的冰纹。

到了下雪的时候哩，景象当然又要一变。早晨从厚棉被里张开眼来，一室的清光，会使你的眼睛眩晕。在阳光照耀之下，雪也一粒一粒的放起光来了，蛰伏得很久的小鸟，在这时候会飞出来觅食振翎，谈天说地，吱吱地叫个不休。数日来的灰暗天空，愁云一扫，忽然变得澄清见底，翳障全无；于是年轻的北方住民，就可以营屋外的生活了，溜冰，做雪人，赶冰车雪车，就在这一种日子里最有劲儿。

我曾于这一种大雪时晴的傍晚，和几位朋友，跨上跛驴，出西直门上骆驼庄去过过一夜。北平郊外的一片大雪地，无数枯树林，以及西山隐隐现现的不少白峰头，和时时吹来的几阵雪样的西北风，所给与人的印象，实在是深刻，伟大，神秘到了不可以言语来形容。直到了十余年后的现在，我一想起当时的情景，还会得打一个寒颤而吐一口清气，如同在钓鱼台溪旁立着的一瞬间一样。

北平的冬宵，更是一个特别适合于看书，写信，追思过去，与作闲谈说废话的绝妙时间。记得当时我们兄弟三人，都住在北京，每到了冬天的晚上，总不远千里地走拢来聚在一道，会谈少年时候在故乡所遇所见的事事物物。小孩们上床去了，佣人们也都去睡觉了，我们弟兄三个，还会得再加一次煤再加一次煤地长谈下去。有几宵因为屋外面风紧天寒之故，到了后半夜的一二点钟的时候，便不约而同地会说出索性坐坐到天亮的话来。像这一种可宝贵的记忆，像这一种最深沉的情调，本来也就是一生中不能够多享受几次的昙花佳境，可是若不是在北平的冬天的夜里，那趣味也一定不会得像如此的悠长。

总而言之，北平的冬季，是想赏识赏识北方异味者之唯一的机会；这一季里的好处，这一季里的琐事杂忆，若要详细地写起来，总也有一部《帝京景物略》那么大的书好做；我只记下了一点点自身的经历，就觉得过长了，下面只能再来略写一点春和夏以及秋季的感怀梦境，聊作我的对这日就沦亡的故国的哀歌。

　　春与秋，本来是在什么地方都属可爱的时节，但在北平，却与别的地方也有点儿两样。北国的春，来得较迟，所以时间也比较得短。西北风停后，积雪渐渐地消了，赶牲口的车夫身上，看不见那件光板老羊皮的大袄的时候，你就得预备着游春的服饰与金钱；因为春来也无信，春去也无踪，眼睛一眨，在北平市内，春光就会得同飞马似的溜过。屋内的炉子，刚拆去不久，说不定你就马上得去叫盖凉棚的才行。

　　而北方春天的最值得记忆的痕迹，是城厢内外的那一层新绿，同洪水似的新绿。北京城，本来就是一个只见树木不见屋顶的绿色的都会，一踏出九城的门户，四面的黄土坡上，更是杂树丛生的森林地了；在日光里颤抖着的嫩绿的波浪，油光光，亮晶晶，若是神经系统不十分健全的人，骤然间身入到这一个淡绿色的海洋涛浪里去一看，包管你要张不开眼，立不住脚，而昏厥过去。

　　北京市内外的新绿，琼岛春阴，西山挹翠诸景里的新绿，真是一幅何等奇伟的外光派的妙画！但是这画的框子，或者简直说这画的画布，现在却已经完全掌握在一只满长着黑毛的巨魔的手里了！北望中原，究竟要到哪一日才能够重见得到天日呢？

　　从地势纬度上讲来，北方的夏天，当然要比南方的夏天来得凉爽。在北平城里过夏，实在是并没有上北戴河或西山去避暑的必要。一天到晚，最热的时候，只有中午到午后三四点钟的几个钟头，晚上太阳一下山，总没有一处不是凉阴阴要穿单衫才能过去的；半夜以后，更是非盖薄棉被不可了。而北平的天然冰的便宜耐久，又是夏天住过北平的人所忘不了的一件恩惠。

我在北平，曾经过过三个夏天；像什刹海，菱角沟，二闸等暑天游耍的地方，当然是都到过的；但是在三伏的当中，不问是白天或是晚上，你只教有一张藤榻，搬到院子里的葡萄架下或藤花阴处去躺着，吃吃冰茶雪藕，听听盲人的鼓词与树上的蝉鸣，可以一点儿也感不到炎热与熏蒸。而夏天最热的时候，在北平顶多总不过九十四五度，这一种大热的天气，全夏顶多顶多又不过十日的样子。

在北平，春夏秋的三季，是连成一片；一年之中，仿佛只有一段寒冷的时期，和一段比较得温暖的时期相对立。由春到夏，是短短的一瞬间，自夏到秋，也只觉得是过了一次午睡，就有点儿凉冷起来了。因此，北方的秋季也特别的觉得长，而秋天的回味，也更觉得比别处来得浓厚。前两年，因去北戴河回来，我曾在北平过一个秋，在那时候，已经写过一篇《故都的秋》，对这北平的秋季颂赞过了一道了，所以在这里不想再来重复；可是北平近郊的秋色，实在也正像是一册百读不厌的奇书，使你愈翻愈会感到兴趣。

秋高气爽，风日晴和的早晨，你且骑着一匹驴子，上西山八大处或玉泉山碧云寺去走走看；山上的红柿，远处的烟树人家，郊野里的芦苇黍稷，以及在驴背上驮着生果进城来卖的农户佃家，包管你看一个月也不会看厌。春秋两季，本来是到处都好的，但是北方的秋空，看起来似乎更高一点，北方的空气，吸起来似乎更干燥健全一点。而那一种草木摇落，金风肃杀之感，在北方似乎也更觉得要严肃，凄凉，沉静得多。你若不信，你且去西山脚下，农民的家里或古寺的殿前，自阴历八月至十月下旬，去住它三个月看看。古人的"悲哉秋之为气"以及"胡笳互动，牧马悲鸣"的那一种哀戚，在南方是不大感觉得到的，但在北平，尤其是在郊外，你真会得感至极而涕零，思千里兮命驾。所以我说，北平的秋，才是真正的秋；南方的秋天，不过是英国话里所说的 Indian Summer 或叫作小春天气而已。

统观北平的四季，每季每节，都有它的特别的好处；冬天是室内饮食奄息的时期，秋天是郊外走马调鹰的日子，春天好看新绿，夏天饱受清凉。至于各节各季，正当移换中的一段时间哩，又是别一种情趣，是一种两不相连，而又两都相合的中间风味，如雍和宫的打鬼，净业庵的放灯，丰台的看芍药，万牲园的寻梅花之类。

五六百年来文化所聚萃的北平，一年四季无一月不好的北平，我在遥忆，我也在深祝，祝她的平安进展，永久地为我们黄帝子孙所保有的旧都城。

1936 年 5 月 27 日

乡　思

/孙福熙

在我的记忆中，我此生没有这样清闲过，我坐在食堂的角上。这样，我不必转头忽东忽西而能完全看见室内一切景象；尤其，劳烦我的耳目的形形色色的来路也只有两面，使我觉得比坐在中间者更是安闲。

我想在这清闲中开始我所欲做的工作。之一，这种工作是我所预计或为旅行前所积欠下来的。然而我又想这第一日应该休息，所以连手中的这本日记也是屡次拿起而屡次放下的。

我的肩背所斜倚着的木壁零零地振动。不错，这外面就是波浪了，他的奔腾的声音真好听啊！四年以来，我所住的总是高楼，从未听到雨打屋瓦或雨水流地面的声音，在家中，低头看书时或深夜醒来时，欲知道下雨与否或雨止与否，不必抬起头来或开出门去，只要谛听瓦上就可知道的了。还有，每于大雨之下，院中积水数寸。不等雨止，鸭就从院角檐下出来游泳。在鸭声的清快中，我感受驱逐烈日的风雨的凉爽。

抬起头来，我似乎想听听这声音是否从屋瓦来的，我看见光亮的天花板上的影子。窗外一半是波一半是天的景象投射到开着的玻窗上，窗洞与玻窗都投在反射镜似的天花板上，于是我们可以看见上下四个圆形与四个海天，水泡与波纹在船旁的水上向船后退去，而在天花板上的反射影中却反方向的转成半圆形，使我想起幼年时所玩的走马灯。是的，现在已是阴历十二月，预计到家时还在旧的新年，正可玩走马灯，过我消失多年了的幼时的鲜美生活！

忽然的从两股里传送上来凉爽的感觉，好像是穿了薄绸裤坐在石板上的样子，这观念似乎还是许多年以前所有的。

真的有许多年了。夏天的早晨，我家院中满栽鸡冠花老少年美人蕉；绯红的荷花乘着凉快浮在绿叶上放开来，我在这花前读书或写字之后就取了斗桶到河中汲水灌花。汲了几桶，小孩的腕力与腿力有些疲倦起来了，适巧，针一样细而蜻蜓一样在头上有两只大眼睛的鱼秧在水上几点绿萍的中间摇动尾巴，然而并不前进。为了疲倦，为了小鱼之可爱，我在这河潭的石级坐下。

早晨的太阳斜照水上，又反射到河埠的椽子间，轻松的棉花似的依水的动荡而跳舞。

　　轮船中天花板的面上也有这种光影，这是船边海水上的日光经过圆洞反射进来的，因此使我回忆幼年时河埠头的日影，而且使我觉得如当时坐在石级上的凉爽。

　　这种一切回忆确是甜蜜的。现在不必怅惘，我正在一日千里地向这甜蜜的实在进去。然而，所虑的，一切实景是否还完全存在，一切甜蜜是否还能在我的心中酿成，我忐忑不大敢走进去了。

乡 愁

/罗黑芷

　　写了《死草的光辉》已经回到了十四年前去的这个主人，固然走入了淡淡的哀愁，但是想再回去到一个什么样的时候，终寻不出一个落脚的地方。这并非是十四年以前的时间的海洋里，竟看不见一点飘荡的青藻足以系住他的萦思，其实望见的只是茫茫的白水，须得像海鸟般在波间低徊，待到落下倦飞的双翼，如浮鸥似的贴身在一个清波上面，然后那仿佛正歌咏着什么在这暂时有了着落的心中的叹息，才知道这个小小的周围是很值得眷恋的。谁说，你但向前途寻喜悦，莫在回忆里动哀愁呢？

　　呵！哀愁也好，且回转去罢，去到那不必计算的一个时候。那时候是傍晚的光景，我不知被谁，大约是一个嬷嬷吧？抱在臂里，从后厅正屋走到前厅回廊，给放下在右手栏杆边一个茶几上站住。才从母亲床上欢喜地睁开来的一双迷蒙蒙的小眼睛，在那儿看见一个穿蓝色竹布衣衫的女人，是在我小小的心中觉得一见面便张手要伊拥抱的女人。这是谁呢？你猜一猜看，伊凭倚着栏杆，微笑着，望着那被黄昏的光充塞了的庭院。空中无数点点的飞虫穿来穿去，它们的薄翅振动，仿佛习习有声。

"孩子！这是萤火虫呀！这是——"

我立刻被伊的唇吻着了，我在伊的那从有史以来便凝聚爱情的黑晶晶的睫下了。我从旁边不知又是谁的手里喝了一口苦味的浓茶，舌头上新得了一种苏生的刺激，我立刻在这小小的模糊的心中感觉了：这是我家的七月的黄昏。

回转去罢，房屋依然是那所古旧的房屋，在那条有一个木匠人家管守入口的短巷左边；落雨的时节，那木匠饲养的三只斑鸠便在檐下笼中咕咕地叫唤，时候却仿佛是五月。祖母在伊静悄悄的房中午睡，父亲的窗子里似乎有说话的声音，我的一个伴侣——一个比我大两岁的哥哥，叔母生的——不知到哪里去了，母亲也不见，我独自在后院天井里蹲着。那从墙边和砖缝里挺生出来的野草，有圆叶的，有方叶的，密密的，疏疏的，不知叫做什么，衬着满阶遍地的青苔，似乎满院里都是绿色的光的世界。

"哥儿！哪！这儿一点东西送给你。"

挑水的老王，从他担进院来而尚未息肩的一头水桶里，取出一枝折断了的柳梢，尖尖的长叶滴下了水珠在他的手背上。

呵！城外是一个什么世界呢？他又在他肚腰带里挖摸着，一个黑壳亮翅的虫儿嘶鸣着随着他的手出来了：

"这叫做蝉子。"

"呵！老王！"

我飞跳过去了。于是那蝉和柳枝便齐装在一个小方竹笼内挂在后院的壁上。我在这东西旁边盘旋玩耍，直到"赫儿，赫儿"地呼唤着的即在今日还能引我潜然泪下的母亲的声音，可爱地送到我的小耳朵里。

回转去罢，回转去罢，这回仿佛在一个暮春的夜里。母亲坐在有灯光的桌前和邻家的姆姆安闲地谈着话。一个姑娘——我为你祝福，姑娘，我记不起你的名字了，——背靠着那窗下坐着。伊是我的姐姐，这是母亲教我这样称呼的；当伊站立起来的时候，伊仿佛比我高半个身躯，听说是要说人家了，因为十五岁的女孩儿呢！正是，我来到母亲房里瞧着伊，原是我的先生的吩咐。我记得进来的时候，仿佛那先生已经到了后厅的屏门外，将他的一只耳朵和一只眼睛交换贴在门缝边向内打听。十分对不住您，先生，我现在应该这样向您道歉，因为姐姐抱我坐在伊的膝上，伊用面庞亲热地偎傍我，偏起头看我，摇我的肩膊，抚我的头发，喊我做"赫弟！赫弟"！我痴痴地瞧着伊的那笑眯眯但是而今我记不清楚了的尖尖的脸。先生，伊或许已经替你生了几个好儿子吧？可是我所能有的，只是那一根灯草头上吐出来的静静的一朵黄色灯焰。这也即是儿时母亲房里的春夜的光辉呵！虽然伊的身影很模糊，我细细吟味，如掣电般我便又站在伊的面前了。

　　隔着彭蠡的水，隔着匡庐的云，自五岁别后，这一生认为是亲爱的人所曾聚集过的故乡的家，便在梦里也在那儿唤我回转去。回转去罢，我而今真的回来了：你无恙吗？我家的门首的石狮，我记得我曾在你身上骑过；你还被人家唤做秃头吗？卖水果的老蒋，我记得你的担子上的桃子是香脆的；你还是在巷中袒出赤膊滑滑地和你师父同锯木头吗？可怜的癞子徒弟，那些斑鸠又在叫唤你喂食给它们呢！这真是了不得，我还握着四文小钱在手中，听见门外叫卖糯米团子的熟悉声音来了，我便奔向大门去：

　　"糯米团子，一个混糖的，一个有白糖馅的！"

　　很甜，很甜，妈妈，您吃不吃呢？

想北平

/老 舍

　　设若让我写一本小说，以北平作背景，我不至于害怕，因为我可以拣着我知道的写，而躲开我所不知道的。让我单摆浮搁地讲一套北平，我没办法。北平的地方那么大，事情那么多，我知道的真的太少了，虽然我生在那里，一直到廿七岁才离开。以名胜说，我没到过陶然亭，这多可笑！以此类推，我所知道的那点只是"我的北平"，而我的北平大概等于牛的一毛。

　　可是，我真爱北平。这个爱几乎是要说而说不出的。我爱我的母亲。怎样爱？我说不出。在我想作一件讨她老人家喜欢的事情的时候，我独自微微地笑着；在我想到她的健康而不放心的时候，我欲落泪。言语是不够表现我的心情的，只有独自微笑或落泪才足以把内心揭露在外面一些来。我之爱北平也近乎这个。夸奖这个古城的某一点是容易的，可是那就把北平看得太小了。我所爱的北平不是枝枝节节的一些什么，而是整个儿与我的心灵相黏合的一段历史，一大块地方，多少风景名胜，从雨后什刹海的蜻蜓一直到我梦里的玉泉山的塔影，都积凑到一块，每一小的事件中有个我，我的每一思念中有个北平，这只有说不出而已。

真愿成为诗人，把一切好听好看的字都浸在自己的心血里，像杜鹃似的啼出北平的俊伟。啊！我不是诗人！我将永远道不出我的爱，一种像由音乐与图画所引起的爱。这不但是辜负了北平，也对不住我自己，因为我的最初的知识与印象都得自北平，它是在我的血里，我的性格与脾气里有许多地方是这古城所赐给的。我不能爱上海与天津，因为我心中有个北平。可是我说不出来！

伦敦，巴黎，罗马与堪司坦丁堡，曾被称为欧洲的四大"历史的都城"。我知道一些伦敦的情形，巴黎与罗马只是到过而已，堪司坦丁堡根本没有去过。就伦敦、巴黎、罗马来说，巴黎更近似北平——虽然"近似"两字要拉扯得很远——不过，假使让我"家住巴黎"，我一定会和没有家一样的感到寂苦。巴黎，据我看，还太热闹。自然，那里也有空旷静寂的地方，可是又未免太旷；不像北平那样既复杂又有个边际，使我能摸着——那长着红酸枣的老城墙！面向着积水潭，背后是城墙，坐在石上看水中的小蝌蚪或苇叶上的嫩蜻蜓，我可以快乐地坐一天，心中完全安适，无所求也无可怕，像小儿安睡在摇篮里。是的，北平也有热闹的地方，但是它和太极拳相似，动中有静。

巴黎有许多地方使人疲乏，所以咖啡与酒是必要的，以便刺激；在北平，有温和的香片茶就够了。

论说巴黎的布置已比伦敦罗马匀调得多了，可是比上北平还差点事儿。北平在人为之中显出自然，几乎是什么地方既不挤得慌，又不太僻静：最小的胡同里的房子也有院子与树，最空旷的地方也离买卖街与住宅区不远。这种分配法可以算——在我的经验中——天下第一了。北平的好处不在处处设备得完全，而在它处处有空儿，可以使人自由地喘气；不在有好些美丽的建筑，而在建筑的四围都有空闲的地方，使它们成为美景。每一个城楼，每一个牌楼，都可以从老远就看见。况且在街上还可以看见北山与西山呢！

好学的，爱古物的，人们自然喜欢北平，因为这里书多古物多。我不好学，也没钱买古物。对于物质上，我却喜爱北平的花多菜多果子多。花草是种费钱的玩意，可是此地的"草花儿"很便宜，而且家家有院子，可以花不多的钱而种一院子花，即使算不了什么，可是到底可爱呀！墙上的牵牛，墙根的靠山竹与草茉莉，是多么省钱省事而也足以招来蝴蝶呀！至于青菜，白菜，扁豆，毛豆角，黄瓜，菠菜等等，大多数是直接由城外担来而送到家门口的。雨后，韭菜叶上还往往带着雨时溅起的泥点。青菜摊上的红红绿绿几乎有诗似的美丽。果子有不少是由西山与北山来的，西山的沙果，海棠，北山的黑枣，柿子，进了城还带着一层白霜儿呀！哼，美国的橘子包着纸，遇到北平的带霜儿的玉李，还不愧杀！

是的，北平是个都城，而能有好多自己产生的花，菜，水果，这就使人更接近了自然。从它里面说，它没有像伦敦的那些成天冒烟的工厂；从外面说，它紧连着园林，菜圃与农村。采菊东篱下，在这里，确是可以悠然见南山的；大概把"南"字变个"西"或"北"，也没有多少了不得的吧。像我这样一个贫寒的人，或者只有在北平能享受一点清福了。

好，不再说了吧；要落泪了，真想念北平呀！

1936 年

故都的秋

/郁达夫

　　秋天，无论在什么地方的秋天，总是好的；可是啊，北国的秋，却特别地来得清，来得静，来得悲凉。我的不远千里，要从杭州赶上青岛，更要从青岛赶上北平来的理由，也不过想饱尝一尝这"秋"，这故都的秋味。

　　江南，秋当然也是有的；但草木凋得慢，空气来得润，天的颜色显得淡，并且又时常多雨而少风；一个人夹在苏州上海杭州，或厦门香港广州的市民中间，混混沌沌地过去，只能感到一点点清凉，秋的味，秋的色，秋的意境与姿态，总看不饱，尝不透，赏玩不到十足。秋并不是名花，也并不是美酒，那一种半开、半醉的状态，在领略秋的过程上，是不合适的。

不逢北国之秋，已将近十余年了。在南方每年到了秋天，总要想起陶然亭的芦花，钓鱼台的柳影，西山的虫唱，玉泉的夜月，潭柘寺的钟声。在北平即使不出门去吧，就是在皇城人海之中，租人家一椽破屋来住着，早晨起来，泡一碗浓茶，向院子一坐，你也能看得到很高很高的碧绿的天色，听得到青天下驯鸽的飞声。从槐树叶底，朝东细数着一丝一丝漏下来的日光，或在破壁腰中，静对着像喇叭似的牵牛花（朝荣）的蓝朵，自然而然地也能够感觉到十分的秋意。说到了牵牛花，我以为以蓝色或白色者为佳，紫黑色次之，淡红色最下。最好，还要在牵牛花底，教长着几根疏疏落落的尖细且长的秋草，使作陪衬。

北国的槐树，也是一种能使人联想起秋来的点缀。像花而又不是花的那一种落蕊，早晨起来，会铺得满地。脚踏上去，声音也没有，气味也没有，只能感出一点点极微细极柔软的触觉。扫街的在树影下一阵扫后，灰土上留下来的一条条扫帚的丝纹，看起来既觉得细腻，又觉得清闲，潜意识下并且还觉得有点儿落寞，古人所说的梧桐一叶而天下知秋的遥想，大约也就在这些深沉的地方。

秋蝉的衰弱的残声，更是北国的特产；因为北平处处全长着树，屋子又低，所以无论在什么地方，都听得见它们的啼唱。在南方是非要上郊外或山上去才听得到的。这秋蝉的嘶叫，在北平可和蟋蟀耗子一样，简直像是家家户户都养在家里的家虫。

还有秋雨哩，北方的秋雨，也似乎比南方的下得奇，下得有味，下得更像样。

在灰沉沉的天底下，忽而来一阵凉风，便息列索落地下起雨来了。一层雨过，云渐渐地卷向了西去，天又晴了，太阳又露出脸来了；着很厚的青布单衣或夹袄的都市闲人，咬着烟管，在雨后的斜桥影里，上桥头树底下去一立，遇见熟人，便会用了缓慢悠闲的声调，微叹着互答着地说：

"唉，天可真凉了——"（这了字念得很高，拖得很长。）

"可不是吗？一层秋雨一层凉了！"

北方人念阵字，总老像是层字，平平仄仄起来，这念错的歧韵，倒来得正好。

北方的果树，到秋来，也是一种奇景。第一是枣子树；屋角，墙头，茅房边上，灶房门口，它都会一株株地长大起来。像橄榄又像鸽蛋似的这枣子颗儿，在小椭圆形的细叶中间，显出淡绿微黄的颜色的时候，正是秋的全盛时期；等枣树叶落，枣子红完，西北风就要起来了，北方便是尘沙灰土的世界。只有这枣子、柿子、葡萄，成熟到八九分的七八月之交，是北国的清秋的佳日，是一年之中最好也没有的 Golden Days。

有些批评家说，中国的文人学士，尤其是诗人，都带着很浓厚的颓废色彩，所以中国的诗文里，颂赞秋的文字特别的多。但外国的诗人，又何尝不然？我虽则外国诗文念得不多，也不想开出账来，做一篇秋的诗歌散文钞，但你若去一翻英德法意等诗人的集子，或各国的诗文的 Anthology 来，总能够看到许多关于秋的歌颂与悲啼。各著名的大诗人的长篇田园诗或四季诗里，也总以关于秋的部分，写得最出色而最有味。足见有感觉的动物，有情趣的人类，对于秋，总是一样的能特别引起深沉、幽远、严厉、萧索的感触来的。不单是诗人，就是被关闭在牢狱里的囚犯，到了秋天，我想也一定会感到一种不能自已的深情；秋之于人，何尝有国别，更何尝有人种阶级的区别呢？不过在中国，文字里有一个"秋士"的成语，读本里又有着很普遍的欧阳子的《秋声》与苏东坡的《赤壁赋》等，就觉得中国的文人，与秋的关系特别深了。可是这秋的深味，尤其是中国的秋的深味，非要在北方，才感受得到底。

南国之秋，当然是也有它的特异的地方的，比如廿四桥的明月，钱塘江的秋潮，普陀山的凉雾，荔枝湾的残荷等等，可是色彩不浓，回味不永。比起北国的秋来，正像是黄酒之与白干，稀饭之与馍馍，鲈鱼之与大蟹，黄犬之与骆驼。

秋天，这北国的秋天，若留得住的话，我愿把寿命的三分之二折去，换得一个三分之一的零头。

1934 年 8 月，在北平

印度洋上的秋思

/徐志摩

昨夜中秋。黄昏时西天挂下一大帘的云母屏，掩住了落日的光潮，将海天一体化成暗蓝色，寂静得如黑衣尼在圣座前默祷。过了一刻，即听得船梢布篷上窸窸窣窣啜泣起来，低压的云夹着迷蒙的雨色，将海线逼得像湖一般窄，沿边的黑影，也辨认不出是山是云，但涕泪的痕迹，却满布在空中水上。

又是一番秋意！那雨声在急骤之中，有零落萧疏的况味，连着阴沉的气氛，只是在我灵魂的耳畔私语道，"秋"！我原来无欢的心境，抵御不住那样温婉的浸润，也就开放了春夏间所积受的秋思，和此时外来的怨艾构合，产出一个弱的婴儿——"愁"。

天色早已沉黑，雨也已休止。但方才啜泣的云，还疏松地幕在天空，只露着些惨白的微光；预告明月已经装束齐整，专等开幕。同时船烟正在莽莽苍苍地吞吐，筑成一座蟒鳞的长桥，直联及西天尽处，和轮船泛出的一流翠波白沫，上下对照，留恋西来的踪迹。

北天云幕豁处，一颗鲜翠的明星，喜滋滋地先来问探消息，像新嫁妇的侍婢，也穿扮得遍体光艳。但新娘依然姗姗未出。

我小的时候，每于中秋夜，呆坐在楼窗外等看"月华"，若然天上有云雾缭绕，我就替"亮晶晶的月亮"担忧，若然见了鱼鳞似的云彩，我的小心就欣欣怡悦，默祷着月儿快些开花，因为我常听人说只要有"瓦楞"云，就有月华；但在月光放彩以前，我母亲早已逼我去上床，所以月华只是我脑筋里一个不曾实现的想象，直到如今。

现在天上砌满了瓦楞云彩，霎时间引起了我早年许多有趣的记忆——但我的纯洁的童心，如今哪里去了！

月光有一种神秘的引力。她能使海波咆哮，她能使悲绪生潮。月下的喟息可以结聚成山，月下的情泪可以培时百亩的畹兰，千茎的紫琳耿。我疑悲哀是人类先天的遗传，否则，何以我们儿年不知悲戚的时期，有时对着一泻的清辉，也往往凄心滴泪呢？

但我今夜却不曾流泪。不是无泪可滴，也不是文明教育将我最纯洁的本能锄净，却为是感觉了神圣的悲哀，将我理解的好奇心激动，想学契古特白登（通译：夏多布里昂）来解剖这神秘的"眸冷骨累"。冷的智永远是热的情的死敌仇。他们不能相容的。

但在这样浪漫的月夜，要来练习冷酷的分析，似乎不近人情！所以我的心机一转，重复将锋快的智刃收起，让沉醉的情泪自然流转，听他产生什么音乐；让绻缱的诗魂漫自低回，看他寻出什么梦境。

明月正在云岩中间，周围有一圈黄色的彩晕，一阵阵的轻霭，在她面前扯过。海上几百道起伏的银沟，一齐在微吅凄其的音节，此外不受清辉的波域，在暗中坟坟涨落，不知是怨是慕。

我一面将自己一部分的情感，看入自然界的现象，一面拿着纸笔，痴望着月彩，想从她明洁的辉光里，看出今夜地面上秋思的痕迹，希冀他们在我心里，凝成高洁情绪的菁华。因为她光明的捷足，今夜遍走天涯，人间的恩怨，哪一件不经过她的慧眼呢？

印度的 Ganges（埂奇）河边有一座小村落，村外一个榕绒密绣的湖边，坐着一对情醉的男女，他们中间草地上放着一尊古铜香炉，烧着上品的水息，那温柔婉恋的烟篆、沉馥香浓的热气，便是他们爱感的象征——月光从云端里轻俯下来，在那女子胸前的珠串上，水息的烟尾上，印下一个慈吻，微哂，重复登上她的云艇，上前驶去。

一家别院的楼上，窗帘不曾放下，几枝肥满的桐叶正在玻璃上摇曳斗趣，月光窥见了窗内一张小蚊床上紫纱帐里，安眠着一个安琪儿似的小孩，她轻轻挨进身去，在他温软的眼睫上，嫩桃似的腮上，抚摸了一会。又将她银色的纤指，理齐了他脐圆的额发，蔼然微哂着，又回她的云海去了。

一个失望的诗人，坐在河边一块石头上，满面写着幽郁的神情，他爱人的倩影，在他胸中像河水似的流动，他又不能在失望的渣滓里榨出些微甘液，他张开两手，仰着头，让大慈大悲的月光，那时正在过路，洗沐他泪腺湿肿的眼眶，他似乎感觉到清心的安慰，立即摸出一枝笔，在白衣襟上写道：

> 月光，
> **你是失望儿的乳娘！**

面海一座柴屋的窗棂里，望得见屋里的内容：一张小桌上放着半块面包和几条冷肉，晚餐的剩余，窗前几上开着一本家用的《圣经》，炉架上两座点着的炉台，不住地流泪，旁边坐着一个皱面驼腰的老妇人，两眼半闭不闭地落在伏在她膝上啜泣的一个少妇，她的长裙散在地板上像一只大花蝶。老妇人掉头向窗外望，只见远远海涛起伏，和慈祥的月光在拥抱密吻，她叹了声气向着斜照在《圣经》上的月彩嗫道：

"真绝望了！真绝望了！"

她独自在她精雅的书室里，把灯火一齐熄了，倚在窗口一架藤椅上，月光从东墙上斜泻下去，笼住她的全身，在花砖上幻出一个窈窕的倩影；她两根垂髫的发梢，她微澹的媚唇，和庭前几茎高峙的玉兰花，都在静谧的月色中微颤。她加她的呼吸，吐出一股幽香，不但邻近的花草，连月儿闻了，也禁不住迷醉，她腮边天然的妙涡，已有好几日不圆满：她瘦损了。但她在想什么呢？月光，你能否将我的梦魂带去，放在离她三五尺的玉兰花枝上。

威尔斯（通译：威尔士）西境一座矿床附近，有三个工人，口衔着笨重的烟斗，在月光中间坐。他们所能想到的话都已讲完，但这异样的月彩，在他们对面的松林，左首的溪水上，平添了不可言语比说的妩媚，惟有他们工余倦极的眼珠不阖，彼此不约而同今晚较往常多抽了两斗的烟，但他们矿火熏黑、煤块擦黑的面容。表示他们心灵的薄弱，在享乐烟斗以外：虽经秋月溪声的戟激、也不能有精美情绪之反感。等月影移西一些，他们默默地扑出一斗灰，起身进屋，各自登床睡去。月光从屋背飘眼望进去，只见他们都已睡熟；他们即使有梦，也无非矿内矿外的景色。

月光渡过了爱尔兰海峡，爬上海尔佛林的高峰，正对着静默的红潭，潭水凝定得像一大块冰，铁青色。四围斜坦的小峰，全都满铺着蟹青和蛋白色的岩片碎石，一株矮树都没有。沿潭间有些丛草，那全体形势，正像一大青碗，现在满盛了清洁的月辉，静极了，草里不闻虫吟，水里不闻鱼跃；只有石缝里游涧淅沥之声，断续地作响，仿佛一座大教堂里点着一星小火，益发对照出静穆宁寂的境界，月儿在铁色的潭面上，倦倚了半晌，重复拨起她的银舄，过山去了。

昨天船离了新加坡以后，方向从正东改为东北，所以前几天的船梢正对落日，此后"晚霞的工厂"渐渐移到我们船向的左手来了。

昨夜吃过晚饭上甲板的时候，船右一海银波，在犀利之中涵有幽秘的彩色，凄清的表情，引起了我的凝视。那放银光的圆球正挂在你头上，如其起靠着船头仰望。她今夜并不十分鲜艳：她精圆的芳容上似乎轻笼着一层藕灰色的薄纱，轻漾着一种悲喟的声调，轻染着几痕泪化的雾霭。她并不十分鲜艳，然而她素洁温和的光线中，犹之少女浅蓝妙眼的斜瞟；犹之春阳融解在山颠白云反映的嫩色，含有不可解的迷力，媚态，世间凡具有感觉性的人，只要承沐着她的清辉，就发生也是不可理解的反应，引起隐覆的内心境界的紧张，——像琴弦一样，——人生最微妙的情绪，戟震生命所蕴藏高洁名贵创现的冲动。有时在心理状态之前，或于同时，撼动躯体的组织，使感觉血液中突起冰流之冰流，嗅神经难禁之酸辛，内藏汹涌之跳动，泪腺之骤热与润湿。那就是秋月兴起的秋思——愁。

昨晚的月色就是秋思的泉源，岂止，直是悲哀幽骚悱怨沉郁的象征，是季候运转的伟剧中最神秘亦最自然的一幕，诗艺界最凄凉亦最微妙的一个消息。

今夜月明人尽望，不知秋思在谁家。

中国字形具有一种独一的妩媚，有几个字的结构，我看来纯是艺术家的匠心：这也是我们国粹之尤粹者之一。譬如"秋"字，已是一个极美的字形，"愁"字更是文字史上有数的杰作。有石开湖晕，风扫松针的妙处，这一群点画的配置，简直经过柯罗的画篆，米仡朗其罗（通译：米开朗琪罗）的雕圭，Chopin（通译：肖邦）的神感；像——用一个科学的比喻——原子的结构，将旋转宇宙的大力收缩成一个无形无踪的电核；这十三笔造成的象征，似乎是宇宙和人生悲惨的现象和经验，吁喟和涕泪，所凝成最纯粹精密的结晶，满充了催迷的秘力，你若然有高蒂闲（Gautier）（通译：戈蒂埃）异超的知感性，定然可以梦到，愁字变形为秋霞黯绿色的通明宝玉，若用银槌轻击之，当吐银色的幽咽电蛇似腾入云天。

我并不是为寻秋意而看月，更不是为觅新愁而访秋月；蓄意沉浸于悲哀的生活，是丹德（通译：但丁）所不许的。我盖见月而感秋色，因秋窗而拈新愁：人是一簇脆弱而富于反射性的神经！

我重复回到现实的景色，轻裹在云锦之中的秋月，像一个遍体蒙纱的女郎，她那团圆清朗的外貌像新娘，但同时她幂弦的颜色，那是藕灰，她踟蹰的行踵，掩泣的痕迹，又使人疑是送丧的丽姝。所以我曾说：

秋月呀

我不盼望你团圆。

这是秋月的特色，不论她是悬在落日残照边的新镰，与"黄昏晓"竞艳的眉钩，中霄斗没西陲的金碗，星云参差间的银床，以至一轮腴满的中秋，不论盈昃高下，总在原来澄爽明秋之中，遍洒着一种我只能称之为"悲哀的轻霭"和"传愁的以太"。即使你原来无愁，见此也禁不得沾染那"灰色的音调"，渐渐兴感起来！

秋月呀！

谁禁得起银指尖儿

浪漫地搔爬呵！

不信但看那一海的轻涛，可不是禁不住她玉指的抚摸，在那里低徊饮泣呢！就是那：

> 无聊的云烟，
>
> 秋月的美满，
>
> 熏暖了飘心冷眼，
>
> 也清冷地穿上了轻绡的衣裳，
>
> 来参与这
>
> 美满的婚姻和丧礼。

十月六日志摩

（原载 1922 年 12 月 29 日《晨报副刊》）

异国秋思

/庐　隐

　　自从我们搬到郊外以来，天气渐渐清凉了。那短篱边牵延着的毛豆叶子，已露出枯黄的颜色来，白色的小野菊，一丛丛由草堆里钻出头来，还有小朵的黄花在凉劲的秋风中抖颤。这一些景象，最容易勾起人们的秋思，况且身在异国呢！低声吟着"帘卷西风，人比黄花瘦"之句，这个小小的灵宫，是弥漫了怅惘的情绪。

　　书房里格外显得清寂，那窗外蔚蓝如碧海似的青天，和淡金色的阳光。还有挟着桂花香的阵风，都含了极强烈的，挑拨人类心弦的力量。我们不能继续那死板的读书工作了。在那一天午饭后，波便提议到附近吉祥寺去看秋景，三点多钟我们乘了市外电车前去，——这路程太近了，我们的身体刚刚坐稳便到了。走出长甬道的车站，绕过火车轨道，就看见一座高耸的木牌坊，在横额上有几个汉字写着"井之头恩赐公园"。我们走进牌坊，便见马路两旁树木葱茏，绿荫匝地，一种幽妙的意趣，萦缭脑际，我们怔怔地站在树影下，好像身入深山古林了。在那枝柯掩映中，一道金黄色的柔光正荡漾着。使我想象到一个披着金绿柔发的仙女，正赤着足，踏着白云，从这里经过的情景。再向西方看，一抹彩霞，正横在那叠翠的峰峦上，如黑点的飞鸦，穿林翩翻，我一缕的愁心真不知如何安排，我要盼咐征鸿把它带回故国吧！无奈它是那样不着迹地去了。

我们徘徊在这浓绿深翠的帷幔下，竟忘记前进了。一个身穿和服的中年男人，脚上穿着木屐，踢踏踢踏的来了。他向我们打量着，我们为避免他的觑视，只好加快脚步走向前去。经过这一带森林，前面有一条鹅卵石堆成的斜坡路，两旁种着整齐的冬青树，只有肩膀高，一阵阵的青草香，从微风里荡过来，我们慢步地走着，陡觉神气清爽，一尘不染。下了斜坡，面前立着一所小巧的东洋式茶馆，里面设了几张小矮几和坐褥，两旁列着柜台，红的蜜橘、青的苹果、五色的杂糖，错杂地罗列着。

"呀！好眼熟的地方！"我不禁失声地喊了出来。于是潜藏在心底的印象，陡然一幕幕地重映出来，唉！我的心有些抖颤了，我是被一种感怀已往的情绪所激动，我的双眼怔住，胸膈间充塞着悲凉，心弦凄紧地搏动着。自然是回忆到那些曾被流年践踏过的往事，"唉！往事，只是不堪回首的往事呢！"我悄悄地独自叹息着。但是我面前仍然有一幅逼真的图画再现出来……

一群骄傲于幸福的少女们，她们孕育着玫瑰色的希望，当她们将由学校毕业的那一年，曾随着她们德高望重的教师，带着欢乐的心情，渡过日本海来访蓬莱的名胜。在她们登岸的时候，正是暮春三月樱花乱飞的天气。那些缀锦点翠的花树，都使她们乐游忘倦。她们从天色才黎明，便由东京的旅舍出发；先到上野公园看过樱花的残装后，又换车到井之头公园来。这时疲倦袭击着她们，非立刻找个地点休息不可。最后她们发现了这个位置清幽的茶馆，便立刻决定进去吃些东西。大家团团围着矮凳坐下，点了两壶龙井茶和一些奇甜的东洋点心。她们吃着喝着，高声谈笑着，她们真像是才出谷的雏莺；只觉眼前的东西，件件新鲜，处处都富有生趣。当然她们是被搂在幸福之神的怀抱里了。青春的爱娇，活泼快乐的心情，她们是多么可艳羡的人生呢！

但是流年把一切都毁坏了！谁能相信今天在这里低徊追怀往事的我，也正是当年幸福者之一呢！哦！流年，残酷的流年呵！它带走了人间的爱娇，它蹂躏英雄的壮志，使我站在这似曾相识的树下，只有咽泪，我有什么方法，使年光倒流呢！

唉！这一切的刺心回忆，我忍不住流下辛酸的泪滴，连忙离开这容易激动感情的地方吧！我们便向前面野草漫径的小路上走去，忽然听见一阵悲恻的唏嘘声，我仿佛看见张着灰色翅翼的秋神，正躲在那厚密枝叶背后。立时那些枝叶都窸窸窣窣地颤抖起来。草底下的秋虫，发出连续的唧唧声，我的心感到一阵阵的凄冷；不敢向前去，找到路旁一张长木凳坐下。我用滞呆的眼光，向那一片阴阴森森的丛林里睁视，当微风分开枝柯时，我望见那小河里潺湲碧水了。水上绉起一层波纹，一只小划子，从波纹上溜过。两个少女摇着桨，低声唱着歌儿。我看到这里，又无端感触起来，觉得喉头梗塞，不知不觉叹道：

"故国不堪回首"，同时，那北海的红漪清波浮现眼前，那些手携情侣的男男女女，恐怕也正摇着划桨，指点着眼前清丽秋景，低语款款吧！况且又是菊茂蟹肥时候，料想长安市上，车水马龙，正不少欢乐的宴聚；这飘泊异国，秋思凄凉的我们当然是无人想起的。不过，我们却深深地眷怀着祖国，渴望得些好消息呢！况且我们又是神经过敏的，揣想到树叶凋落的北平，凄风吹着，冷雨洒着的这些穷苦的同胞，也许正向茫茫的苍天悲诉呢！唉，破碎紊乱的祖国呵！北海的风光不能粉饰你的寒伧！今雨轩的灯红酒绿，不能安慰忧患的人生，深深眷念祖国的我们，这一颗因热望而颤抖的心，最后是被秋风吹冷了。

1930 年

守岁烛

/缪崇群

蔚蓝静穆的空中，高高地飘着一两个稳定不动的风筝，从不知道远近的地方，时时传过几声响亮的爆竹，——在夜晚，它的回音是越发地撩人了。

岁是暮了。

今年侥幸没有他乡作客，也不曾颠沛在那迢遥的异邦，身子就在自己的家里；但这个陋小低晦的四围，没有一点生气，也没有一点温情，只有像垂死般的宁静，冰雪般的寒冷。一种寥寂与没落的悲哀，于是更深地把我笼罩了，我永日沉默在冥想的世界里。

因为想着逃脱这种氛围，有时我便独自到街头徜徉去，可是那些如梭的车马，鱼贯的人群，也同样不能给我一点兴奋或慰藉，他们映在我眼睑的不过是一幅熙熙攘攘的世相，活动的，滑稽的，杂乱的写真，看罢了所谓年景归来，心中越是惆怅地没有一点皈依了。

啊！What is a home without mother?

我又陡然地汜忆起这句话了——它是一个歌谱的名字，可惜我不能唱它。

在那五年前的除夕的晚上，母亲还能斗胜了她的疾病，精神很焕发地和我们在一起聚餐，然而我不知怎么那样地不会凑趣，我反郁郁地沉着脸，仿佛感到一种不幸的预兆似的。

"你怎么了？"母亲很担心地问。

"没有怎么，我是好好的。"

我虽然这样回答着，可是那两股辛酸的眼泪，早禁不住地就要流出来了。我急忙转过脸，或低下头，为避免母亲的视线。

"少年人总要放快活些，我像你这般大的年纪，还一天玩到晚，什么心思都没有呢。"

母亲已经把我看破了。

我没有言语。父亲默默地呷着酒，弟弟尽独自夹他所喜欢吃的东西。

自己因为早熟一点的缘故，不经意地便养成了一种易感的性格。每当人家喜欢的时刻，自己偏偏感到哀愁；每当人家热闹的时刻，自己却又感到一种莫名的孤独。究竟为什么呢？我是回答不出来的……

——没有不散的筵席，这句话的黑影，好像整整投满了我的窄隘的心胸。

饭后过了不久，母亲便拿出两个红纸包儿来，一个给弟弟，一个给我。给弟弟的一个，立刻便被他拿走了，给我的一个，却还在母亲的手里握着。

红纸包里裹着压岁钱，这是我们每年所最盼切而且数目最多的一笔收入，但这次我是没有一点兴致接受它的。

"妈，我不要罢，平时不是一样地要吗？再说我已经渐渐长大了。"

"唉，孩子，在父母面前，八十岁也算不上大的。"

"妈妈自己尽辛苦节俭，哪里有什么富余的呢。"我知道母亲每次都暗暗添些钱给我，所以我更不愿意接受了。

"这是我心愿给你们用的……"母亲还没说完，这时父亲忽然在隔壁带着笑声地嚷了：

"不要给大的了，他又不是小孩子。"

"别睬他，快拿起来吧。"母亲也抢着说，好像哄一个婴孩，惟恐他受了惊吓似的……

佛前的香气，蕴满了全室，烛光是煌煌的。那慈祥，和平，闲静的烟纹，在黄金色的光幅中缭绕着，起伏着，仿佛要把人催得微醉了，定一下神，又似乎自己乍从梦里醒觉过来一样。

母亲回到房里的时候，父亲已经睡了；但她并不立时卧下休息，她仅沉思般地坐在床头，这时我心里真凄凉起来了，于是我也走进了房里。

房里没有灯，靠着南窗底下，烧着一对明晃晃的蜡烛。

"妈今天累了罢？"我想赶去这种沉寂的空气，并且打算伴着母亲谈些家常。我是深深知道我刚才那种态度太不对了。

"不——"她望了我一会又问，"你怎么今天这样不喜欢呢？"

我完全追悔了，所以我也很坦白地回答母亲：

"我也说不出为什么，逢到年节，心里总感觉着难受似的。"

"年轻的人，不该这样的，又不像我们老了，越过越淡。"

——是的，越过越淡，在我心里，也这样重复地念了一遍。

"房里也点蜡烛作什么？"我走到烛前，剪着烛花问。

"你忘记了吗？这是守岁烛，每年除夕都要点的。"

那一对美丽的蜡烛，它们真好像穿着红袍的新人。上面还题着金字：寿比南山……

"太高了一点吧？"

"你知道守岁守岁，要从今晚一直点到天明呢。最好是一同熄——所谓同始同终——如果有剩下来的便留到清明晚间照百虫，这独是一照无踪的……"

在烛光底下，我们不知坐了多久；我们究竟把我们的残余的，惟有的一岁守住了没有呢，哪怕是蜡烛再高一点，除夕更长一些？

外面的爆竹，还是密一阵疏一阵地响着，只有这一对守岁烛是默默无语，它的火焰在不定地摇曳，泪是不止地垂滴，自始至终，自己燃烧着自己。

明年，母亲便去世了，过了一个阴森森的除夕。

第二年，第三年，我都不在家里……是去年的除夕吧，在父亲的房里，又燃起了"一对"明晃晃的守岁烛了。

——母骨寒了没有呢？我只有自己问着自己。

又届除夕了，环顾这陋小，低晦，没有一点生气与温情的四围——比去年更破落了的家庭。唉，我除了凭吊那些黄金的过往以外，哪里还有一点希望与期待呢？

岁虽暮，阳春不久就会到来……

心暮了，生命的火焰，将在长夜里永久逝去了！

一九三〇年六月改作

我的梦，我的青春

/郁达夫

不晓得是在哪一本俄国作家的作品里，曾经看到过一段写一个小村落的文字，他说："譬如有许多纸折起来的房子，摆在一段高的地方，被大风一吹，这些房子就歪歪斜斜地飞落到了谷里，紧挤在一道了。"前面有一条富春江绕着，东西北的三面尽是些小山包住的富阳县城，也的确可以借了这一段文字来形容。

虽则是一个行政中心的县城，可是人家不满三千，商店不过百数；一般居民，全不晓得做什么手工业，或其他新式的生产事业，所靠以度日的，有几家自然是祖遗的一点田产，有几家则专以小房子出租，在吃两元三元一月的租金；而大多数的百姓，却还是既无恒产，又无恒业，没有目的，没有计划，只同蟑螂似的在那里出生，死亡，繁殖下去。

这些蟑螂的密集之区，总不外乎两处地方；一处是三个铜子一碗的茶店，一处是六个铜子一碗的小酒馆。他们在那里从早晨坐起，一直可以坐到晚上上排门的时候；讨论柴米油盐的价格，传播东邻西舍的新闻，为了一点不相干的细事，譬如说吧，甲以为李德泰的煤油只卖三个铜子一提，乙以为是五个铜子两提的话，双方就会得争论起来；此外的人，也马上分成甲党或乙党提出证据，互相论辩；弄到后来，也许相打起来，打得头破血流，还不能够解决。

因此，在这么小的一个县城里，茶店酒馆，竟也有五六十家之多；于是大部分的蟑螂，就家里可以不备面盆手巾，桌椅板凳，饭锅碗筷等日常用具，而悠悠地生活过去了。离我们家里不远的大江边上，就有这样的两处蟑螂之窟。

在我们的左面，住有一家砍砍柴，卖卖菜，人家死人或娶亲，去帮帮忙跑跑腿的人家。他们的一族，男女老小的人数很多很多，而住的那一间屋，却只比牛栏马槽大了一点。他们家里的顶小的一位苗裔年纪比我大一岁，名字叫阿千，冬天穿的是同伞似的一堆破絮，夏天，大半身是光光地裸着的；因而皮肤黝黑，臂膀粗大，脸上也像是生落地之后，只洗了一次的样子。他虽只比我大了一岁，但是跟了他们屋里的大人，茶店酒馆日日去上，婚丧的人家，也老在进出；打起架吵起嘴来，尤其勇猛。我每天见他从我们的门口走过，心里老在羡慕，以为他又上茶店酒馆去了，我要到什么时候，才可以同他一样的和大人去夹在一道呢！而他的出去和回来，不管是在清早或深夜，我总没有一次不注意到的，因为他的喉音很大，有时候一边走着，一边在绝叫着和大人谈天，若只他一个人的时候哩，总在噜苏地唱戏。

当一天的工作完了，他跟了他们家里的大人，一道上酒店去的时候，看见我欣羡地立在门口，他原也曾邀约过我；但一则怕母亲要骂，二则胆子终于太小，经不起那些大人的盘问笑说，我总是微笑着摇摇头，就跑进屋里去躲开了，为的是上茶酒店去的诱惑性，实在强不过。

有一年春天的早晨，母亲上父亲的坟头去扫墓去了，祖母也一清早上了一座远在三四里路外的庙里去念佛。翠花在灶下收拾早餐的碗筷，我只一个人立在门口，看有淡云浮着的青天。忽而阿千唱着戏，背着钩刀和小扁担绳索之类，从他的家里出来，看了我的那种没精打采的神气，他就立了下来和我谈天，并且说：

"鹳山后面的盘龙山上，映山红开得多着哩；并且还有乌米饭（是一种小黑果子），彤管子（也是一种刺果），刺莓等等，你跟了我来罢，我可以采一大堆给你。你们奶奶，不也在北面山脚下的真觉寺里念佛吗？等我砍好了柴，我就可以送你上寺里去吃饭去。"

阿千本来是我所崇拜的英雄，而这一回又只有他一个人去砍柴，天气那么的好，今天清早祖母出去念佛的时候，我本是嚷着要同去的，但她因为怕我走不动，就把我留下了。现在一听到了这一个提议，自然是心里急跳了起来，两只脚便也很轻松地跟他出发了，并且还只怕翠花要出来阻挠，跑路跑得比平时只有得快些。出了弄堂，向东沿着江，一口气跑出了县城之后，天地宽广起来了，我的对于这一次冒险的惊惧之心就马上被大自然的威力所压倒。这样问问，那样谈谈，阿千真像是一部小小的自然界的百科大辞典，而到盘龙山脚去的一段野路，便成了我最初学自然科学的模范小课本。

麦已经长得有好几尺高了，麦田里的桑树，也都发出了绒样的叶芽。晴天里舒叔叔的一声飞鸣过去的，是老鹰在觅食；树枝头吱吱喳喳，似在打架又像是在谈天的，大半是麻雀之类；远处的竹林丛里，既有抑扬，又带余韵，在那里歌唱的，才是深山的画眉。

上山的路旁，一拳一拳像小孩子的拳头似的小草，长得很多；拳的左右上下，满长着些绛黄的绒毛，仿佛是野生的虫类。我起初看了，只在害怕，走路的时候，若遇到一丛，总要绕一个弯，让开它们，但阿千却笑起来了，他说：

"这是薇蕨，摘了去，把下面的粗干切了，炒起来吃，味道是很好的哩！"

渐走渐高了，山上的青红杂色，迷乱了我的眼目。日光直射在山坡上，从草木泥土里蒸发出来的一种气息，使我呼吸感到了困难；阿千也走得热起来了，把他的一件破夹袄一脱，丢向了地上。教我在一块大石上坐下息着，他一个人穿了一件小衫唱着戏去砍柴采野果去了；我回身立在石上，向大江一看，又深深地深深地得到了一种新的惊异。

这世界真大呀！那宽广的水面！那澄碧的天空！那些上下

的船只，究竟是从哪里来，上哪里去的呢？

我一个人立在半山的大石上，近看看有一层阳炎在颤动着的绿野桑田，远看看天和水以及淡淡的青山，渐听得阿千的唱戏声音幽下去远下去了，心里就莫名其妙地起了一种渴望与愁思。我要到什么时候才能大起来呢？我要到什么时候才可以到这像在天边似的远处去呢？到了天边，那么我的家呢？我的家里的人呢？同时感到了对远处的遥念与对乡井的离愁，眼角里便自然而然地涌出了热泪。到后来，脑子也昏乱了，眼睛也模糊了，我只呆呆地立在那块大石上的太阳里做幻梦。我梦见有一只揩擦得很洁净的船，船上面张着了一面很大很饱满的白帆，我和祖母母亲翠花阿千等都在船上，吃着东西，唱着戏，顺流下去，到了一处不相识的地方。我又梦见城里的茶店酒馆，都搬上山来了，我和阿千便在这山上的酒馆里大喝大嚷，旁边的许多大人，都在那里惊奇仰视。

这一种接连不断的白日之梦，不知做了多少时候，阿千却背了一捆小小的草柴，和一包刺莓映山红乌米饭之类的野果，回到我立在那里的大石边来了；他脱下了小衫，光着了脊肋，那些野果就系包在他的小衫里面的。

他提议说，时候不早了，他还要砍一捆柴，且让我们吃着野果，先从山腰走向后山去罢，因为前山的草柴，已经被人砍完，第二捆不容易采刮拢来了。

慢慢地走到了山后，山下的那个真觉寺的钟鼓声音，早就从春空里传送到了我们的耳边，并且一条青烟，也刚从寺后的厨房里透出了屋顶。向寺里看了一眼，阿千就放下了那捆柴，对我说："他们在烧中饭了，大约离吃饭的时候也不很远，我还是先送你到寺里去罢！"

我们到了寺里，祖母和许多同伴者的念佛婆婆，都张大了眼睛，惊异了起来。阿千走后，她们就开始问我这一次冒险的经过，我也感到了一种得意，将如何出城，如何和阿千上山采集野果的情形，说得格外的详细。后来坐上桌去吃饭的时候，有一位老婆婆问我："你大了，打算去做些什么？"我就毫不迟疑地回答她说："我愿意去砍柴！"

故乡的茶店酒馆，到现在还在风行热闹，而这一位茶店酒馆里的小英雄，初次带我上山去冒险的阿千，却在一年涨大水的时候，喝醉了酒，淹死了。他们的家族，也一个个地死的死，散的散，现在没有生存者了；他们的那一座牛栏似的房屋，已经换过了两三个主人。时间是不饶人的，盛衰起灭也绝对地无常的：阿千之死，同时也带去了我的梦，我的青春！

1934 年 12 月

从百草园到三味书屋

/鲁 迅

　　我家的后面有一个很大的园，相传叫作百草园。现在是早已并屋子一起卖给朱文公的子孙了，连那最末次的相见也已经隔了七八年，其中似乎确凿只有一些野草；但那时却是我的乐园。

　　不必说碧绿的菜畦，光滑的石井栏，高大的皂荚树，紫红的桑葚；也不必说鸣蝉在树叶里长吟，肥胖的黄蜂伏在菜花上，轻捷的叫天子（云雀）忽然从草间直窜向云霄里去了。单是周围的短短的泥墙根一带，就有无限趣味。油蛉在这里低唱，蟋蟀们在这里弹琴。翻开断砖来，有时会遇见蜈蚣；还有斑蝥，倘若用手指按住它的脊梁，便会啪的一声，从后窍喷出一阵烟雾。何首乌藤和木莲藤缠络着，木莲有莲房一般的果实，何首乌有臃肿的根。有人说,何首乌根是有像人形的,吃了便可以成仙,我于是常常拔它起来,牵连不断地拔起来,也曾因此弄坏了泥墙,却从来没有见过有一块根像人样。如果不怕刺,还可以摘到覆盆子,像小珊瑚珠攒成的小球,又酸又甜,色味都比桑葚要好得远。

长的草里是不去的,因为相传这园里有一条很大的赤练蛇。

长妈妈曾经讲给我一个故事听:先前,有一个读书人住在古庙里用功,晚间,在院子里纳凉的时候,突然听到有人在叫他。答应着,四面看时,却见一个美女的脸露在墙头上,向他一笑,隐去了。他很高兴,但竟给那走来夜谈的老和尚识破了机关。说他脸上有些妖气,一定遇见"美女蛇"了;这是人首蛇身的怪物,能唤人名,倘一答应,夜间便要来吃这人的肉的。他自然吓得要死,而那老和尚却道无妨,给他一个小盒子,说只要放在枕边,便可高枕而卧。他虽然照样办,却总是睡不着,——当然睡不着的。到半夜,果然来了,沙沙沙!门外像是风雨声。他正抖作一团时,却听得豁的一声,一道金光从枕边飞出,外面便什么声音也没有了,那金光也就飞回来,敛在盒子里。后来呢?后来,老和尚说,这是飞蜈蚣,它能吸蛇的脑髓,美女蛇就被它治死了。

结末的教训是:所以倘有陌生的声音叫你的名字,你万不可答应他。

这故事很使我觉得做人之险,夏夜乘凉,往往有些担心,不敢去看墙上,而且极想得到一盒老和尚那样的飞蜈蚣。走到百草园的草丛旁边时,也常常这样想。但直到现在,总还没有得到，但也没有遇见过赤练蛇和美女蛇。叫我名字的陌生声音自然是常有的，然而都不是美女蛇。

冬天的百草园比较的无味，雪一下，可就两样了。拍雪人（将自己的全形印在雪上）和塑雪罗汉需要人们鉴赏，这是荒园，人迹罕至，所以不相宜，只好来捕鸟。薄薄的雪，是不行的；总须积雪盖了地面一两天，鸟雀们久已无处觅食的时候才好。扫开一块雪，露出地面，用一支短棒支起一面大的竹筛来，下面撒些秕谷，棒上系一条长绳，人远远地牵着，看鸟雀下来啄食，走到竹筛底下的时候，将绳子一拉，便罩住了。但所得的是麻雀居多，也有白颊的"张飞鸟"，性子很躁，养不过夜的。

这是闰土的父亲所传授的方法，我却不大能用。明明见它们进去了，拉了绳，跑去一看，却什么都没有，费了半天力，捉住的不过三四只。闰土的父亲是小半天便能捕获几十只，装在叉袋里叫着撞着的。我曾经问他得失的缘由，他只静静地笑道：你太性急，来不及等它走到中间去。

我不知道为什么家里的人要将我送进书塾里去了，而且还是全城中称为最严厉的书塾。也许是因为拔何首乌毁了泥墙罢，也许是因为将砖头抛到间壁的梁家去了罢，也许是因为站在石井栏上跳下来罢，……都无从知道。总而言之：我将不能常到百草园了。Ade，我的蟋蟀们！Ade，我的覆盆子们和木莲们！……

出门向东，不上半里，走过一道石桥，便是我的先生的家了。从一扇黑油的竹门进去，第三间是书房。中间挂着一块匾道：三味书屋。匾下面是一幅画，画着一只很肥大的梅花鹿伏在古树下。没有孔子牌位，我们便对着那匾和鹿行礼。第一次算是拜孔子，第二次算是拜先生。

第二次行礼时，先生便和蔼地在一旁答礼。他是一个高而瘦的老人，须发都花白了，还戴着大眼镜。我对他很恭敬，因为我早听到，他是本城中极方正，质朴，博学的人。

不知从哪里听来的，东方朔也很渊博，他认识一种虫，名曰"怪哉"，冤气所化，用酒一浇，就消释了。我很想详细地知道这故事，但阿长是不知道的，因为她毕竟不渊博。现在得到机会了，可以问先生。

"先生，'怪哉'这虫，是怎么一回事？……"我上了生书，将要退下来的时候，赶忙问。

"不知道！"他似乎很不高兴，脸上还有怒色了。

我才知道做学生是不应该问这些事的，只要读书，因为他是渊博的宿儒，决不至于不知道，所谓不知道者，乃是不愿意说。年纪比我大的人，往往如此，我遇见过好几回了。

我就只读书，正午习字，晚上对课。先生最初这几天对我很严厉，后来却好起来了，不过给我读的书渐渐加多，对课也渐渐地加上字去，从三言到五言，终于到七言。

三味书屋后面也有一个园，虽然小，但在那里也可以爬上花坛去折腊梅花，在地上或桂花树上寻蝉蜕。最好的工作是捉了苍蝇喂蚂蚁，静悄悄地没有声音。然而同窗们到园里的太多，太久，可就不行了，先生在书房里便大叫起来：

"人都到哪里去了？"

人们便一个一个陆续走回去；一同回去，也不行的。他有一条戒尺，但是不常用，也有罚跪的规矩，但也不常用，普通总不过瞪几眼，大声道：

"读书！"

于是大家放开喉咙读一阵书，真是人声鼎沸。有念"仁远乎哉我欲仁斯仁至矣"的，有念"笑人齿缺曰狗窦大开"的，有念"上九潜龙勿用"的，有念"厥土下上上错厥贡苞茅橘柚"的……先生自己也念书。后来，我们的声音便低下去，静下去了，只有他还大声朗读着：

"铁如意，指挥倜傥，一座皆惊呢；金叵罗，颠倒淋漓噫，千杯未醉嗬……"

我疑心这是极好的文章，因为读到这里，他总是微笑起来，而且将头仰起，摇着，向后面拗过去，拗过去。

先生读书入神的时候，于我们是很相宜的。有几个便用纸糊的盔甲套在指甲上做戏。我是画画儿，用一种叫作"荆川纸"的，蒙在小说的绣像上一个个描下来，像习字时候的影写一样。读的书多起来，画的画也多起来；书没有读成，画的成绩却不少了，最成片断的是《荡寇志》和《西游记》的绣像，都有一大本。后来，因为要钱用，卖给一个有钱的同窗了。他的父亲是开锡箔店的；听说现在自己已经做了店主，而且快要升到绅士的地位了。这东西早已没有了罢。

九月十八日

（1926 年）

海 燕

/郑振铎

　　乌黑的一身羽毛，光滑漂亮，积伶积俐，加上一双剪刀似的尾巴，一对劲俊轻快的翅膀，凑成了那样可爱的活泼的一只小燕子。当春间二三月，轻飔微微地吹拂着，如毛的细雨无因的由天上洒落着，千条万条的柔柳，齐舒了它们的黄绿的眼，红的白的黄的花，绿的草，绿的树叶，皆如赶赴市集者似的奔聚而来，形成了烂漫无比的春天时，那些小燕子，那么伶俐可爱的小燕子，便也由南方飞来，加入了这个隽妙无比的春景的图画中，为春光平添了许多的生趣。小燕子带了它的双剪似的尾，在微风细雨中，或在阳光满地时，斜飞于旷亮无比的天空之上，唧的一声，已由这里稻田上，飞到了那边的高柳之下了。同几只却隽逸的在粼粼如縠纹的湖面横掠着，小燕子的剪尾或翼尖，偶沾了水面一下，那小圆晕便一圈一圈地荡漾了开去。那边还有飞倦了的几对，闲散地憩息于纤细的电线上，——嫩蓝的春天，几支木杆，几痕细线连于杆与杆间，线上是停着几个粗而有致的小黑点，那便是燕子，是多么有趣的一幅图画呀！还有一家家的快乐家庭，他们还特为我们的小燕子备了一个两个小巢，放在厅梁的最高处，假如这家有了一个匾额，那匾后便是小燕子最好的安巢之所。第一年，小燕子来住了，第二年，我们的小燕子，就是去年的一对，它们还要来住。

"燕子归来寻旧垒。"

还是去年的主，还是去年的宾，他们宾主间是如何的融融泄泄呀！偶然的有几家，小燕子却不来光顾，那便很使主人忧戚，他们邀召不到那么隽逸的嘉宾，每以为自己运命的蹇劣呢。

这便是我们故乡的小燕子，可爱的活泼的小燕子，曾使几多的孩子们欢呼着，注意着，沉醉着，曾使几多的农人们，市民们忧戚着，或舒怀地指点着，且曾平添了几多的春色，几多的生趣于我们的春天的小燕子！

如今，离家是几千里！离国是几千里！托身于浮宅之上，奔驰于万顷海涛之间，不料却见着我们的小燕子。

这小燕子，便是我们故乡的那一对，两对吗？便是我们今春在故乡所见的那一对，两对吗？

见了它们，游子们能不引起了，至少是轻烟似的，一缕两缕的乡愁吗？

　　海水是皎洁无比的蔚蓝色，海波是平稳得如春晨的西湖一样，偶有微风，只吹起了绝细绝细的千万个粼粼的小皱纹，这更使照晒于初夏之太阳光之下的、金光烂灿的水面显得温秀可喜。我没有见过那么美的海！天上也是皎洁无比的蔚蓝色，只有几片薄纱似的轻云，平贴于空中，就如一个女郎，穿了绝美的蓝色夏衣，而颈间却围绕了一段绝细绝轻的白纱巾。我没有见过那么美的天空！我们倚在青色的船栏上，默默地望着这绝美的海天；我们一点杂念也没有，我们是被沉醉了，我们是被带入晶天中了。

　　就在这时，我们的小燕子，二只，三只，四只，在海上出现了。它们仍是隽逸地从容地在海面上斜掠着，如在小湖面上一样；海水被它的似剪的尾与翼尖一打，也仍是连漾了好几圈圆晕。小小的燕子，浩莽的大海，飞着飞着，不会觉得倦吗？不会遇着暴风疾雨吗？我们真替它们担心呢！

　　小燕子却从容地憩着了。它们展开了双翼，身子一落，落在海面上了，双翼如浮圈似的支持着体重，活是一只乌黑的小水禽，在随波上下地浮着，又安闲，又舒适。海是它们那么安好的家，我们真是想不到。

　　在故乡，我们还会想象得到我们的小燕子是这样的一个海上英雄吗？

　　海水仍是平贴无波，许多绝小绝小的海鱼，为我们的船所惊动，群向远处窜去；随了它们飞窜着，水面起了一条条的长痕，正如我们当孩子时之用瓦片打水漂在水面所划起的长痕。

这小鱼是我们小燕子的粮食吗？

小燕子在海面上斜掠着，浮憩着。它们果是我们故乡的小燕子吗？

啊，乡愁呀，如轻烟似的乡愁呀！

1927 年

叁 自然的情怀

一只百灵鸟的羽毛，
在阳光里飘。
静寂的白杨，
伸出轻柔的臂膀。

我所知道的康桥

/徐志摩

（一）

我这一生的周折，大都寻得出感情的线索。不论别的，单说求学。我到英国是为要从卢梭（通译：罗素）。卢梭来中国时，我已经在美国。他那不确的死耗传到的时候，我真的出眼泪不够，还做悼诗来了。他没有死，我自然高兴。我摆脱了哥伦比亚大博士衔的引诱，买船票过大西洋，想跟这位二十世纪的福禄泰尔（通译：伏尔泰）认真念一点书去。谁知一到英国才知道事情变样了：一为他在战时主张和平，二为他离婚，卢梭叫康桥（通译剑桥）给除名了，他原来是 Trinity College 的 fellow［注：即三一学院（属剑桥大学）的研究员］，这一来他的 fellowship（注：研究员资格）也给取消了。他回英国后就在伦敦住下，夫妻两人卖文章过日子。因此我也不曾遂我从学的始愿。我在伦敦政治经济学院里混了半年，正感着闷想换路走的时候，我认识了狄更生先生。狄更生——Galsworthy Lowes Dickinson——是一个有名的作者，他的《一个中国人通信》（Letters from John Chinaman）与《一个现代聚餐谈话》（A Modern Symposium）两本小册子早得了我的景仰。我第一次会着他是在伦敦国际联盟协会席上，那天林宗孟先生演说，他做主席；第二次是宗孟寓里吃茶，有他。以后我常到他家里去。他看出我的烦闷，劝我到康桥去，他自己是王家学院（King's College）的 fellow。我就写信去问两个学院，回信都说学额早满了，随后还是狄更生先生替我去在他的学院里说好了，给我一个特别生的资格，随意选科听讲。从此黑方巾、黑披袍的风光也被我占着了。初起我在离康桥六英里的乡下叫沙士顿地方租了几间小屋住下，同居的有我从前的夫人张幼仪女士与郭虞裳君。每天一早我坐街车（有时自行车）上学，到晚回家。这样的生活过了一个春，但我在康桥还只是个陌生人谁都不认识。康桥的生活，可以说完全不曾尝着，我知道的只是一个图书馆，几个课室，和三两个吃便宜饭的茶食铺子。狄更生常在伦敦或是大陆上，所以也不常见他。那年的秋季我一个人回到康桥整整有一学年，那时我才有机会接近真正的康桥生活，同时我也慢慢地"发见"了康桥。我不曾知道过更大的愉快。

（二）

　　"单独"是一个耐人寻味的现象。我有时想它是任何发见的们都是太匆忙，太没有单独的机会。说实话，╳╳╳╳╳╳╳都没有什么了解。康桥我要算是有相当交情的，再次许只有新认识的翡冷翠（通译：佛罗伦萨）了。啊，那些清晨，那些黄昏，我一个人发痴似的在康桥！绝对的单独。

但一个人要写他最心爱的对象，不论是人是地，是多么使他为难的一个工作？你怕，你怕描坏了它，你怕说过分了恼了它，你怕说太谨慎了辜负了它。我现在想写康桥，也正是这样的心理，我不曾写，我就知道这回是写不好——况且又是临时逼出来的事情。但我却不能不写，上期预告已经出去了。我想勉强分两节写：一是我所知道的康桥的天然景色，一是我所知道的康桥的学生生活。我今晚只能极简地写些，等以后有兴会时再补。

（三）

康桥的灵性全在一条河上。康河，我敢说是全世界最秀丽的一条水。河的名字是葛兰大（Granta），也有叫康河（River Cam）的，许有上下流的区别，我不甚清楚。河身多的是曲折，上游是有名的拜伦潭——"Byron's Pool"——当年拜伦常在那里玩的；有一个老村子叫格兰骞斯德，有一个果子园，你可以躺在累累的桃李荫下吃茶，花果会掉入你的茶杯，小雀子会到你桌上来啄食，那真是别有一番天地。这是上游，下游是从骞但康河的精华是在它的中权，著名的 "Backs"，这两岸是几个最蜚声的学院的建筑。从上面一来是 Pembroke, St. Katharine's, King's, Clare, Trinity, St. John's。最令人留连的一节是克莱亚与王家学院的毗连处，克莱亚的秀丽紧邻着王家教堂（King's Chapel）的宏伟。别的地方尽有更美更庄严的建筑，例如巴黎赛因河（通译：塞纳河）的罗浮宫（通译：卢浮宫）一带，威尼斯的利阿尔多大桥的两岸，翡冷翠维基乌大桥的周遭；但康桥的 "Backs" 自有它的特长，这不容易用一二个状词来概括，它那脱尽尘埃气的一种清澈秀逸的意境可说是超出了画图而化生了音乐的神味。再没有比这一群建筑更调谐更匀称的了！论画，可比的许只有柯罗（Corot）的田野；论音乐，可比的许只有萧班（Chopin）（通译：肖邦）的夜曲。就这也不能给你依稀的印象，它给你的美感简直是神灵性的一种。

假如你站在王家学院桥边的那棵大椈树荫下眺望，右侧面，隔着一大方浅草坪，是我们的校友居（Fellows Building），那年代并不早，但它的妩媚也是不可掩的，它那苍白的石壁上春夏间满缀着艳色的蔷薇在和风中摇头，更移左是那教堂，森林似的尖阁不可溷的永远直指着天空；更左是克莱亚，啊！那不可信的玲珑的方庭，谁说这不是圣克莱亚（St. Clare）的化身，哪一块石上不闪耀着她当年圣洁的精神？在克莱亚后背隐约可辨的是康桥最潇贵最骄纵的三一学院（Trinity），它那临河的图书楼上坐镇着拜伦神采惊人的雕像。

但这时你的注意早已叫克莱亚的三环洞桥魔术似的摄住。你见过西湖白堤上的西泠断桥不是？（可怜它们早已叫代表近代丑恶精神的汽车公司给铲平了，现在它们跟着苍凉的雷峰永远离别了人间。）你忘不了那桥上斑驳的苍苔，木栅的古色，与那桥拱下泄露的湖光与山色不是？克莱亚并没有那样体面的衬托，它也不比庐山栖贤寺旁的观音桥，上瞰五老的奇峰，下临深潭与飞瀑；它只是怯伶伶的一座三环洞的小桥，它那桥洞间也只掩映着细纹的波鳞与婆娑的树影，它那桥上栉比的小穿阑与阑节顶上双双的白石球，也只是村姑子头上不夸张的香草与野花一类的装饰；但你凝神地看着，更凝神地看着，你再反省你的心境，看还有一丝屑的俗念沾滞不？只要你审美的本能不曾泪灭时，这是你的机会实现纯粹美感的神奇！

但你还得选你赏鉴的时辰。英国的天时与气候是走极端的。冬天是荒谬的坏，逢着连绵的雾盲天你一定不迟疑地甘愿进地狱本身去试试；春天（英国是几乎没有夏天的）是更荒谬的可爱，尤其是它那四五月间最渐缓最艳丽的黄昏，那才真是寸寸黄金。在康河边上过一个黄昏是一服灵魂的补剂。啊！我那时蜜甜的单独，那时蜜甜的闲暇。一晚又一晚的，只见我出神似的倚在桥阑上向西天凝望：看一回凝静的桥影，数一数螺钿的波纹；我倚暖了石栏的青苔，青苔凉透了我的心坎；……还有几句更笨重的怎能仿佛那游丝似轻妙的情景：难忘七月的黄昏，远树凝寂，像墨泼的山形，衬出轻柔暝色，密稠稠，七分鹅黄，三分橘绿，那妙意只可去秋梦边缘捕捉……

（四）

这河身的两岸都是四季常青最葱翠的草坪。从校友居楼上望去，对岸草场上，不论早晚，永远有十数匹黄牛与白马，胫蹄没在怒蔓的草丛中，从容地在咬嚼，星星的黄花在风中动荡，应和着它们尾鬃的扫拂。桥的两端有斜倚的垂柳与槲荫护住。水是彻底的清澄，深不足四尺，匀匀地长着长条的水草。这岸边的草坪又是我的爱宠，在清朝，在傍晚，我常去这天然的织锦上坐地，有时读书，有时看水；有时仰卧着看天空的行去，有时反仆着搂抱大地的温软。

但河上的风流还不只两岸的秀丽，你买船去玩。船不止一种：有普通的双桨划船，有轻快的薄皮舟（canoe），有最别致的长形撑篙船（punt）。最末的一种是别处不常有的：约莫有二丈长，三尺宽，你站直在船梢上用长竿撑着走的。这撑是一种技术。我手脚太蠢，始终不曾学会。你初起手尝试时，容易把船身横住在河中，东颠西撞的狼狈。英国人是不轻易开口笑人的，但是小心他们不出声地皱眉！也不知有多少次河中本来优闲的秩序叫我这莽撞的外行给捣乱了。我真的始终不曾学会，每回我不服输跑去租船再试的时候，有一个白胡子的船家往往带讥讽地对我说："先生，这撑船费劲，天热累人，还是拿个薄皮舟溜溜吧！"我哪里肯听话，长篙子一点就把船撑了开去，结果还是把河身一段段的腰斩了去。

你站在桥上去看人家撑，那多不费劲，多美！尤其在礼拜天有几个专家的女郎，穿一身缟素衣服，裙裾在风前悠悠地飘着，戴一顶宽边的薄纱帽，帽影在水草间颤动，你看她们出桥洞时的姿态，捻起一根竟像没分量的长竿，只轻轻地，不经心地往波心里一点，身子微微地一蹲，这船身便波的转出了桥影，翠条鱼似的向前滑了去。她们那敏捷，那轻盈，真是值得歌咏的。

在初夏阳光渐暖时你去买一支小船，划去桥边荫下躺着念你的书或是做你的梦，槐花香在水面上飘浮，鱼群的唼喋声在你的耳边挑逗。或是在初秋的黄昏，近着新月的寒光，往上流僻静处远去。爱热闹的少年们携着他们的女友，在船沿上支着双双的东洋红纸灯，带着话匣子，船心里用软垫铺着，也开向无人迹处去享他们的野福——谁不爱听那水底翻的音乐在静定的河上描写梦意与春光！

住惯城市的人不易知道季候的变迁。看见叶子掉知道是秋，看见叶子绿知道是春；天冷了装炉子，天热了拆炉子；脱下棉袍，换上夹袍，脱下夹袍，穿上单袍。不过如此罢了。天上星斗的消息，地下泥土里的消息，空中风吹的消息，都不关我们的事。忙着哪，这样那样事情多着，谁耐烦管星星的移转，花草的消长，风云的变幻？同时我们抱怨我们的生活、苦痛、烦闷、拘束、枯燥，谁肯承认做人是快乐？谁不多少间咒诅人生？

但不满意的生活大都是由于自取的。我是一个生命的信仰者，我信生活决不是我们人多数人仅仅从自身经验推得的那样暗惨。我们的病根是在"忘本"。人是自然的产儿，就比枝头的花与鸟是自然的产儿，但我们不幸是文明人，入世深似一天，离自然远似一天。离开了泥土的花草，离开了水的鱼，能快活吗？能生存吗？从大自然，我们取得我们的生命；从大自然，我们应分取得我们继续的资养。那一株婆娑的大木没有盘错的根柢深入在无尽藏的地里？我们是永远不能独立的。有幸福是永远不离母亲抚育的孩子，有健康是永远接近自然的人们。不必一定与鹿豕游，不必一定回"洞府"去；为医治我们当前生活的枯窘，只要"不完全遗忘自然"一张轻淡的药方我们的病象就有缓和的希望。在青草里打几个滚，到海水里洗几次浴，到高处去看几次朝霞与晚照——你肩背上的负担就会轻松了去的。

这是极肤浅的道理，当然。但我要没有过过康桥的日子，我就不会有这样的自信。我这一辈子就只那一春，说也可怜，算是不曾虚度。就只那一春，我的生活是自然的，是真愉快的！（虽则碰巧那也是我最感受人生痛苦的时期。）我那时有的是闲暇，有的是自由，有的是绝对单独的机会。说也奇怪，竟像是第一次，我辨认了星月的光明，草的青，花的香，流水的殷勤，我能忘记那初春的睥睨吗？曾经有多少个清晨我独自冒着冷去薄霜铺地的林子里闲步——为听鸟语，为盼朝阳，为寻泥土里渐次苏醒的花草，为体会最微细最神妙的春信。啊，那是新来的画眉在那边调不尽的青枝上试它的新声！啊，这是第一朵小雪球花挣出了半冻的地面！啊，这不是新来的潮润沾上了寂寞的柳条？

静极了，这朝来水溶溶的大道，只远处牛奶车的铃声，点缀这周遭的沉默。顺着这大道走去，走到尽头，再转入林子里的小径，往烟雾浓密处走去，头顶是交枝的榆荫，透露着漠楞楞的曙色；再往前走去，走尽这林子，当前是平坦的原野，望见村舍，初青的麦田，更远三两个馒形的小山掩住了一条通道。天边是雾茫茫的，尖尖的黑影是近村的教寺。听，那晓钟和缓的清音。这一带是此邦中部的平原，地形像是海里的轻波，默沉沉的起伏；山岭是望不见的，有的是常青的草原与沃腴的田壤。登那土阜上望去，康桥只是一带茂林，拥戴着几处娉婷的尖阁。妩媚的康河也望不见踪迹，你只能循着那锦带似的林木想象那一流清浅。村舍与树林是这地盘上的棋子，有村舍处有佳荫，有佳荫处有村舍。这早起是看炊烟的时辰，朝雾渐渐地升起，揭开了这灰苍苍的天幕（最好是微霭后的光景），远近的炊烟，成丝的、成缕的、成卷的、轻快的、迟重的、浓灰的、淡青的、惨白的，在静定的朝气里渐渐地上腾，渐渐地不见，仿佛是朝来人们的祈祷，参差地翳入了天听。朝阳是难得见的，这初春的天气。

但它来时是起早人莫大的愉快。顷刻间这田野添深了颜色，一层轻纱似的金粉糁上了这草，这树，这通道，这庄舍。顷刻间这周遭弥漫了清晨富丽的温柔。顷刻间你的心怀也分润了白天诞生的光荣。

"春"！这胜利的晴空仿佛在你的耳边私语。"春"！你那快活的灵魂也仿佛在那里回响。伺候着河上的风光，这春来一天有一天的消息。关心石上的苔痕，关心败草里的花鲜，关心这水流的缓急，关心水草的滋长，关心天上的云霞，关心新来的鸟语。怯伶伶的小雪球是探春信的小使。铃兰与香草是欢喜的初声。窈窕的莲馨，玲珑的石水仙，爱热闹的克罗克斯，耐辛苦的蒲公英与雏菊——这时候春光已是烂漫在人间，更不须殷勤问讯。

瑰丽的春放。这是你野游的时期。可爱的路政，这里不比中国，哪一处不是坦荡荡的大道？徒步是一个愉快，但骑自转车是一个更大的愉快，在康桥骑车是普遍的技术；妇人、稚子、老翁，一致享受这双轮舞的快乐。（在康桥听说自转车是不怕人偷的，就为人人都自己有车，没人要偷。）任你选一个方向，任你上一条通道，顺着这带草味的和风，放轮远去，保管你这半天的逍遥是你性灵的补剂。这道上有的是清荫与美草，随地都可以供你休憩。你如爱花，这里多的是锦绣似的草原。你如爱鸟，这里多的是巧啭的鸣禽。你如爱儿童，这乡间到处是可亲的稚子。你如爱人情，这里多的是不嫌远客的乡人，你到处可以"挂单"借宿，有酪浆与嫩薯供你饱餐，有夺目的果鲜恣你尝新。你如爱酒，这乡间每"望"都为你储有上好的新酿，黑啤如太浓，苹果酒、姜酒都是供你解渴润肺的。……带一卷书，走十里路，选一块清静地，看天，听鸟，读书，倦了时，和身在草绵绵处寻梦去——你能想象更适情更适性的消遣吗？

陆放翁有一联诗句，"传呼快马迎新月，却上轻舆趁晚凉"，这是做地方官的风流。我在康桥时虽没马骑，没轿子坐，却也有我的风流：我常常在夕阳西晒时骑了车迎着天边扁大的日头直追。日头是追不到的，我没有夸父的荒诞，但晚景的温存却被我这样偷尝了不少。有三两幅画图似的经验至今还是栩栩地留着。只说看夕阳，我们平常只知道登山或是临海，但实际只须辽阔的天际，平地上的晚霞有时也是一样的神奇。有一次我赶到一个地方，手把着一家村庄的篱笆，隔着一大田的麦浪，看西天的变幻。有一次是正冲着一条宽广的大道，过来一大群羊，放草归来的，偌大的太阳在它们后背放射着万缕的金辉，天上却是乌青青的，只剩这不可逼视的威光中的一条大路、一群生物，我心头顿时感着神异性的压迫，我真的跪下了，对着这冉冉渐翳的金光。再有一次是更不可忘的奇景，那是临着一大片望不到头的草原，满开着艳红的罂粟，在青草里亭亭像是万盏的金灯，阳光从褐色云斜着过来，幻成一种异样紫色，透明似的不可逼视，霎那间在我迷眩了的视觉中，这草田变成了……不说也罢，说来你们也是不信的！

一别二年多了，康桥，谁知我这思乡的隐忧？也不想别的，我只要那晚钟撼动的黄昏，没遮拦的田野，独自斜倚在软草里，看第一个大星在天边出现！

十五年一月十五日

（原载 1926 年 1 月 16—25 日《晨报副刊》）

月朦胧，鸟朦胧，帘卷海棠红

/朱自清

　　这是一张尺多宽的小小的横幅，马孟容君画的。上方的左角，斜着一卷绿色的帘子，稀疏而长；当纸的直处三分之一，横处三分之二。帘子中央，着一黄色的，茶壶嘴似的钩儿——就是所谓软金钩吗？"钩弯"垂着双穗，石青色；丝缕微乱，若小曳于清风中。纸右一圆月，淡淡的青光遍满纸上；月的纯净，柔软与平和，如一张睡美人的脸。从帘的上端向右斜伸而下，是一枝交缠的海棠花。花叶扶疏，上下错落着，共有五丛；或散或密，都玲珑有致。叶嫩绿色，仿佛掐得出水似的；在月光中掩映着，微微有浅深之别。花正盛开，红艳欲流；黄色的雄蕊历历的，闪闪的。衬托在丛绿之间，格外觉得妖娆了。枝歆斜而腾挪，如少女的一只臂膊。枝上歇着一对黑色的八哥，背着月光，向着帘里。一只歇得高些，小小的眼儿半睁半闭的，似乎在入梦之前，还有所留恋似的。那低些的一只别过脸来对着这一只，已缩着颈儿睡了。帘下是空空的，不着一些痕迹。

试想在圆月朦胧之夜，海棠是这样的妩媚而嫣润，枝头的好鸟为什么却双栖而各梦呢？在这夜深人静的当儿，那高踞着的一只八哥儿，又为何尽撑着眼皮儿不肯睡去呢？他到底等什么来着？舍不得那淡淡的月儿吗？舍不得那疏疏的帘儿吗？不，不，不，您得到帘下去找，您得到帘中去找——您该找那卷帘人了？他的情韵风怀，原是这样这样的哟！朦胧的岂独月呢，岂独鸟呢？但是，咫尺天涯，教我如何耐得？我拼着千呼万唤，你能够出来吗？

这页画布局那样的经济，设色那样柔活，故精彩足以动人。虽是区区尺幅，而情韵之厚，已足沦肌浃髓而有余。我看了这画，瞿然而惊；留恋之怀，不能自已。故将所感受的印象细细写出，以志这一段因缘。但我于中西的画都是门外汉，所说的话不免为内行所笑。——那也只好由他了。

1924 年 2 月 1 日，温州作。

翡冷翠山居闲话

/徐志摩

在这里出门散步去，上山或是下山，在一个晴好的五月的向晚，正像是去赴一个美的宴会，比如去一果子园，那边每株树上都是满挂着诗情最秀逸的果实，假如你单是站着看还不满意时，只要你一伸手就可以采取，可以恣尝鲜味，足够你性灵的迷醉。阳光正好暖和，决不过暖；风息是温驯的，而且往往因为他是从繁花的山林里吹度过来，他带来一股幽远的淡香，连着一息滋润的水气，摩挲着你的颜面，轻绕着你的肩腰，就这单纯的呼吸已是无穷的愉快；空气总是明净的，近谷内不生烟，远山上不起霭，那美秀风景的全部正像画片似的展露在你的眼前，供你闲暇的鉴赏。

作客山中的妙处，尤在你永不须跼蹐你的服色与体态；你

不妨摇曳着一头的蓬草，不妨纵容你满腮的苔藓；你爱穿什么
就穿什么，扮一个牧童，扮一个渔翁，装一个农夫，装一个走
江湖的桀卜闪（通译：吉卜赛人），装一个猎户；你再不必提心
整理你的领结，你尽可以不用领结，给你的颈根与胸膛一半日
的自由，你可以拿一条这边颜色的长巾包在你的头上，学一个
太平军的头目，或是拜伦那埃及装的姿态；但最要紧的是穿上
你最旧的旧鞋，别管他模样不佳，他们是顶可爱的好友，他们
承着你的体重却不叫你记起你还有一双脚在你的底下。

　　这样的玩顶好是不要约伴，我竟想严格地取缔，只许你独
身；因为有了伴多少总得叫你分心，尤其是年轻的女伴，那是
最危险最专制不过的旅伴，你应得躲避她像你躲避青草里一条
美丽的花蛇！平常我们从自己家里走到朋友的家里，或是我们
执事的地方，那无非是在同一个大牢里从一间狱室移到另一间
狱室去，拘束永远跟着我们，自由永远寻不到我们；但在这春
夏间美秀的山中或乡间你要是有机会独身闲逛时，那才是你福
星高照的时候，那才是你实际领受，亲口尝味，自由与自在的
时候，那才是你肉体与灵魂行动一致的时候；朋友们，我们多
长一岁年纪往往只是加重我们头上的枷，加紧我们脚胫上的链，
我们见小孩子在草里在沙堆里在浅水里打滚作乐，或是看见小
猫追他自己的尾巴，何尝没有羡慕的时候，但我们的枷，我们
的链永远是制定我们行动的上司！所以只有你单身奔赴大自然
的怀抱时，像一个裸体的小孩扑入他母亲的怀抱时，你才知道
灵魂的愉快是怎样的，单是活着的快乐是怎样的，单就呼吸单
就走道单就张眼看耸耳听的幸福是怎样的。因此你得严格的为
己，极端的自私，只许你，体魄与性灵，与自然同在一个脉搏

里跳动，同在一个音波里起伏，同在一个神奇的宇宙里自得。我们浑朴的天真是像含羞草似的娇柔，一经同伴的抵触，他就卷了起来，但在澄静的日光下，和风中，他的恣态是自然的，他的生活是无阻碍的。

你一个人漫游的时候，你就会在青草里坐地仰卧，甚至有时打滚，因为草的和暖的颜色自然地唤起你童稚的活泼；在静僻的道上你就会不自主地狂舞，看着你自己的身影幻出种种诡异的变相，因为道旁树木的阴影在他们纡徐的婆娑里暗示你舞蹈的快乐；你也会得信口的歌唱，偶尔记起断片的音调，与你自己随口的小曲，因为树林中的莺燕告诉你春光是应得赞美的；更不必说你的胸襟自然会跟着曼长的山径开拓，你的心地会看着澄蓝的天空静定，你的思想和着山壑间的水声，山罅里的泉响，有时一澄到底的清澈，有时激起成章的波动，流，流，流入凉爽的橄榄林中，流入妩媚的阿诺河去……

并且你不但不须应伴，每逢这样的游行，你也不必带书。书是理想的伴侣，但你应得带书，是在火车上，在你住处的客室里，不是在你独身漫步的时候。什么伟大的、深沉的、鼓舞的、清明的、优美的、思想的根源不是可以在风籁中，云彩里，山势与地形的起伏里，花草的颜色与香息里寻得？自然是最伟大的一部书，葛德（通译：歌德）说，在他每一页的字句里我们读得最深奥的消息。并且这书上的文字是人人懂得的；阿尔帕斯（通译：阿尔卑斯）与五老峰，雪西里（通译：西西里）与普陀山，来因河（通译：莱茵河）与扬子江，梨梦湖（通译：莱蒙湖，即日内瓦湖）与西子湖，建兰与琼花，杭州西溪的芦雪与威尼市（通译：威尼斯）夕照的红潮，百灵与夜莺，更不提一般黄的黄麦，一般紫的紫藤，一般青的青草同在大地上生长，同在和风中波动——他们应用的符号是永远一致的，他们的意义是永远明显的，只要你自己心灵上不长疮瘢，眼不盲，耳不塞，这无形迹的最高等教育便永远是你的名分，这不取费的最珍贵的补剂便永远供你的受用；只要你认识了这一部书，你在这世界上寂寞时便不寂寞，穷困时不穷困，苦恼时有安慰，挫折时有鼓励，软弱时有督责，迷失时有南针（注：即指南针）。

十四年七月

济南的冬天

/老 舍

      对于一个在北平住惯的人，像我，冬天要是不刮风，便觉得是奇迹，济南的冬天是没有风声的。对于一个刚由伦敦回来的人，像我，冬天要能看得见日光，便觉得是怪事，济南的冬天是响晴的。自然，在热带的地方，日光是永远那么毒，响亮的天气，反有点叫人害怕。可是，在北中国的冬天，而能有温晴的天气，济南真得算个宝地。

      设若单单是有阳光，那也算不了出奇。请闭上眼睛想：一个老城，有山有水，全在天底下晒着阳光，暖和安适地睡着，只等春风来把它们唤醒，这是不是个理想的境界？

      小山整把济南围了个圈儿，只有北边缺着点口儿。这一圈小山在冬天特别可爱，好像是把济南放在一个小摇篮里，它们安静不动地低声地说："你们放心吧，这儿准保暖和。"真的，济南的人们在冬天是面上含笑的。他们一看那些小山，心中便觉得有了着落，有了依靠。他们由天上看到山上，便不知不觉地想起："明天也许就是春天了吧？这样的温暖，今天夜里山草也许就绿起来了吧？"就是这点幻想不能一时实现，他们也并不着急，因为这样慈善的冬天，干啥还希望别的呢！

最妙的是下点小雪呀。看吧，山上的矮松越发的青黑，树尖上顶着一髻儿白花，好像日本看护妇。山尖全白了，给蓝天镶上一道银边。山坡上，有的地方雪厚点，有的地方草色还露着；这样，一道儿白，一道儿暗黄，给山们穿上一件带水纹的花衣；看着看着，这件花衣好像被风儿吹动，叫你希望看见一点更美的山的肌肤。等到快日落的时候，微黄的阳光斜射在山腰上，那点薄雪好像忽然害了羞，微微露出点粉色。就是下小雪吧，济南是受不住大雪的，那些小山太秀气！

古老的济南，城里那么狭窄，城外又那么宽敞，山坡上卧着些小村庄，小村庄的房顶上卧着点雪，对，这是张小水墨画，也许是唐代的名手画的吧。

那水呢，不但不结冰，倒反在绿萍上冒着点热气，水藻真绿，把终年贮蓄的绿色全拿出来了。天儿越晴，水藻越绿，就凭这些绿的精神，水也不忍得冻上，况且那些长枝的垂柳还要在水里照个影儿呢！看吧，由澄清的河水慢慢往上看吧，空中，半空中，天上，自上而下全是那么清亮，那么蓝汪汪的，整个的是块空灵的蓝水晶。这块水晶里，包着红屋顶，黄草山，像地毯上的小团花的灰色树影。这就是冬天的济南。

1931 年 4 月

秋 夜

/鲁 迅

在我的后园，可以看见墙外有两株树，一株是枣树，还有一株也是枣树。

这上面的夜的天空，奇怪而高，我生平没有见过这样奇怪而高的天空。他仿佛要离开人间而去，使人们仰面不再看见。然而现在却非常之蓝，闪闪地眨着几十个星星的眼，冷眼。他的口角上现出微笑，似乎自以为大有深意，而将繁霜洒在我的园里的野花草上。

我不知道那些花草真叫什么名字，人们叫他们什么名字。我记得有一种开过极细小的粉红花，现在还开着，但是更极细小了，她在冷的夜气中，瑟缩地做梦，梦见春的到来，梦见秋的到来，梦见瘦的诗人将眼泪擦在她最末的花瓣上，告诉她秋虽然来，冬虽然来，而此后接着还是春，蝴蝶乱飞，蜜蜂都唱起春词来了。她于是一笑，虽然颜色冻得红惨惨地，仍然瑟缩着。

枣树，他们简直落尽了叶子。先前，还有一两个孩子来打他们，别人打剩的枣子，现在是一个也不剩了，连叶子也落尽了。他知道小粉红花的梦，秋后要有春；他也知道落叶的梦，春后还是秋。他简直落尽叶子，单剩干子，然而脱了当初满树是果实和叶子时候的弧形，欠伸得很舒服。但是，有几枝还低亚着，护定他从打枣的竿梢所得的皮伤，而最直最长的几枝，却已默默地铁似的直刺着奇怪而高的天空，使天空闪闪地鬼眨眼；直刺着天空中圆满的月亮，使月亮窘得发白。

鬼眨眼的天空越加非常之蓝，不安了，仿佛想离去人间，避开枣树，只将月亮剩下。然而月亮也暗暗地躲到东边去了。而一无所有的干子，却仍然默默地铁似的直刺着奇怪而高的天空，一意要制他的死命，不管他各式各样地眨着许多蛊惑的眼睛。

哇的一声，夜游的恶鸟飞过了。

我忽而听到夜半的笑声，吃吃地，似乎不愿意惊动睡着的人，然而四围的空气都应和着笑。夜半，没有别的人，我即刻听出这声音就在我嘴里，我也即刻被这笑声所驱逐，回进自己的房。灯火的带子也即刻被我旋高了。

后窗的玻璃上丁丁地响，还有许多小飞虫乱撞。不多久，几个进来了，许是从窗纸的破孔进来的。他们一进来，又在玻璃的灯罩上撞得丁丁地响。一个从上面撞进去了，他于是遇到火，而且我以为这火是真的。两三个却休息在灯的纸罩上喘气。那罩是昨晚新换的罩，雪白的纸，折出波浪纹的叠痕，一角还画出一枝猩红色的栀子。

猩红的栀子开花时，枣树又要做小粉红花的梦，青葱地弯成弧形了……我又听到夜半的笑声；我赶紧砍断我的心绪，看那老在白纸罩上的小青虫，头大尾小，向日葵子似的，只有半粒小麦那么大，遍身的颜色苍翠得可爱，可怜。

我打一个呵欠，点起一支纸烟，喷出烟来，对着灯默默地敬奠这些苍翠精致的英雄们。

1924 年 9 月 15 日。

雪

/鲁 迅

　　暖国的雨，向来没有变过冰冷的坚硬的灿烂的雪花。博识的人们觉得他单调，他自己也以为不幸否耶？江南的雪，可是滋润美艳之至了；那是还在隐约着的青春的消息，是极壮健的处子的皮肤。雪野中有血红的宝珠山茶，白中隐青的单瓣梅花，深黄的磬口的腊梅花；雪下面还有冷绿的杂草。蝴蝶确乎没有，蜜蜂是否来采山茶花和梅花的蜜，我可记不真切了。但我的眼前仿佛看见冬花开在雪野中，有许多蜜蜂们忙碌地飞着，也听得他们嗡嗡地闹着。

　　孩子们呵着冻得通红，像紫芽姜一般的小手，七八个一齐来塑雪罗汉。因为不成功，谁的父亲也来帮忙了。罗汉就塑得比孩子们高得多，虽然不过是上小下大的一堆，终于分不清是壶卢还是罗汉；然而很洁白，很明艳，以自身的滋润相粘结，整个地闪闪地生光。孩子们用龙眼核给他做眼珠，又从谁的母亲的脂粉奁中偷得胭脂来涂在嘴唇上。这回确是一个大阿罗汉了。他也就目光灼灼地嘴唇通红地坐在雪地里。

第二天还有几个孩子来访问他，对了他拍手，点头，嘻笑。但他终于独自坐着了。晴天又来消释他的皮肤，寒夜又使他结一层冰，化作不透明的模样；连续的晴天又使他成为不知道算什么，而嘴上的胭脂也褪尽了。

但是，朔方的雪花在纷飞之后，却永远如粉，如沙，他们决不粘连，撒在屋上，地上，枯草上，就是这样。屋上的雪是早已就有消化了的，因为屋里居人的火的温热。别的，在晴天之下，旋风忽来，便蓬勃地奋飞，在日光中灿灿地生光，如包藏火焰的大雾，旋转而且升腾，弥漫太空，使太空旋转而且升腾地闪烁。

在无边的旷野上，在凛冽的天宇下，闪闪地旋转升腾着的是雨的精魂……

是的，那是孤独的雪，是死掉的雨，是雨的精魂。

1925 年 1 月 18 日

乌篷船

/周作人

子荣君：

接到手书，知道你要到我的故乡去，叫我给你一点什么指导。老实说，我的故乡，真正觉得可怀恋的地方，并不是那里，但是因为在那里生长，住过十多年，究竟知道一点情形，所以写这一封信告诉你。

我所要告诉你的，并不是那里的风土人情，那是写不尽的，但是你到那里一看也就会明白的，不必啰唆地多讲。我要说的是一种很有趣的东西，这便是船。你在家乡平常总坐人力车，电车，或是汽车，但在我的故乡那里这些都没有，除了在城内或山上是用轿子以外，普通代步都是用船。船有两种，普通坐的都是"乌篷船"，白篷的大抵作航船用，坐夜航船到西陵去也有特别的风趣，但是你总不便坐，所以我也就可以不说了。乌篷船大的为"四明瓦"（Symenngoa），小的为脚划船（划读如uoa）亦称小船。但是最适用的还是在这中间的"三道"，亦即三明瓦。篷是半圆形的，用竹片编成，中央竹箬，上涂黑油；在两扇"定篷"之间放着一扇遮阳，也是半圆的，木作格子，嵌着一片片的小鱼鳞，径约一寸，颇有点透明，略似玻璃而坚韧耐用，这就称为明瓦。三明瓦者，谓其中舱有两道，后舱有一道明瓦也。船尾用橹，大抵两支，船首有竹篙，用以定船。船头着眉目，状如老虎，但似在微笑，颇滑稽而不可怕，唯白篷船则无之。三道船篷之高大约可以使你直立，舱宽可放下一顶方桌，四个人坐着打麻将——这个恐怕你也已学会了吧？小船则真是一叶扁舟，你坐在船底席上，篷顶离你的头有两三寸，你的两手可以搁在左右的舷上，还把手都露出在外边。在这种船里仿佛是在水面上坐，靠近田岸去时泥上便和你的眼鼻接近，而且遇着风浪，或是坐得少不小心，就会船底朝天，发生危险，但是也颇有趣味，是水乡的一种特色。不过你总可以不必去坐，最好还是坐那三道船罢。

你如坐船出去，可是不能像坐电车的那样性急，立刻盼望走至。倘若出城，走三四十里路（我们那里的里程是很短，一里才及英里三分之一），来日总要预备一天。你坐在船上，应该是游山的态度，看看四周物色，随处可见的山，岸旁的乌桕，河边的红蓼和白苹，渔舍，各式各样的桥，困倦的时候睡在舱中拿出随笔来看，或者冲一碗清茶喝喝。偏门外的鉴湖一带，贺家池，壶觞左近，我都是喜欢的，或者往娄公埠骑驴去游兰

亭（但我劝你还是步行，骑驴或者于你我不很相宜），到得暮色
苍然的时候进城上都挂着薜荔的东门来，倒是颇有趣味的事。
倘若路上不平静，你往杭州去时可下午开船，黄昏时候的景色
正最好看，只可惜这一带地方的名字我都忘记了。夜间睡在舱
中，听水声橹声，来往船只的招呼声，以及乡间的犬吠鸡鸣，
也都很有意思。雇一只船到乡下去看庙戏，可以了解中国旧戏
的真趣味，而且在船上行动自如，要看就看，要睡就睡，要喝
酒就喝酒，我觉得也可以算是理想的行乐法。只可惜讲维新以
来这些演剧与迎会都已禁止，中产阶级的低能人别在"布业会
馆"等处建起"海式"的戏场来，请大家买票看上海的猫儿戏。
这些地方你千万不要去。——你到我那故乡，恐怕没有一个人
认得，我又因为在教书不能陪你去玩，坐夜船，谈闲天，实在
抱歉而且惆怅。川岛君夫妇现在偶山下，本来可以给你绍介，
但是你到那里的时候他们恐怕已经离开故乡了。初寒，善自珍
重，不尽。

　　　　　　　　　　　　十五年十一月十八日夜，于北京。

白马湖之冬

/夏丏尊

在我过去四十余年的生涯中，冬的情味尝得最深刻的，要算十年前初移居白马湖的时候了。十年以来，白马湖已成了一个小村落，当我移居的时候，还是一片荒野。春晖中学的新建筑巍然矗立于湖的那一面，湖的这一面的山脚下是小小的几间新平屋，住着我和刘君心如两家。此外两三里内没有人烟。一家人于阴历十一月下旬从热闹的杭州移居这荒凉的山野，宛如投身于极带中。

那里的风，差不多日日有的，呼呼作响，好像虎吼。屋宇虽系新建，构造却极粗率，风从门窗隙缝中来，分外尖削，把门缝窗隙厚厚地用纸糊了，缝中却仍有透入。风刮得厉害的时候，天未夜就把大门关上，全家吃毕夜饭即睡入被窝里，静听寒风的怒号，湖水的澎湃。靠山的小后轩，算是我的书斋，在全屋子中风最小的一间，我常把头上的罗宋帽拉得低低地，在洋灯下工作至夜深。松涛如吼，霜月当窗，饥鼠吱吱在承尘上奔窜。我于这种时候深感到萧瑟的诗趣，常独自拨划着炉灰，不肯就睡，把自己拟诸山水画中的人物，作种种幽邈的遐想。现在白马湖到处都是树木了，当时尚一株树木都未种。月亮与太阳都是整个儿的，从上山起直要照到下山为止。太阳好的时候，只要不刮风，那真和暖得不像冬天。一家人都坐在庭间曝日，甚至于吃午饭也在屋外。像夏天的晚饭一样。日光晒到哪里，就把椅凳移到哪里，忽然寒风来了，只好逃难似地各自带了椅凳逃入室中，急急把门关上。在平常的日子，风来大概在下午快要傍晚的时候，半夜即息。至于大风寒，那是整日夜狂吼，要二三日才止的。最严寒的几天，泥地看去惨白如水门汀，山色冻得发紫而黯，湖波泛深蓝色。

下雪原是我所不憎厌的，下雪的日子，室内分外明亮，晚上差不多不用燃灯。远山积雪足供半个月的观看，举头即可从窗中望见。可是究竟是南方，每冬下雪不过一二次。我在那里所日常领略的冬的情味，几乎都从风来。白马湖的所以多风，可以说有着地理上的原因。那里环湖都是山，而北面却有一个半里阔的空隙，好似故意张了袋口欢迎风来的样子。白马湖的山水和普通的风景地相差不远，惟有风却与别的地方不同。风的多和大，凡是到过那里的人都知道的。风在冬季的感觉中，自古占着重要的因素，而白马湖的风尤其特别。

现在，一家僦居上海多日了，偶然于夜深人静时听到风声，大家就要提起白马湖来，说"白马湖不知今夜又刮得怎样厉害哩！"

白马湖之冬，可谓是快意人生！

（原载 1933 年《中学生》杂志第 40 期）

江南的冬景

/郁达夫

　　凡在北国过过冬天的人，总都道围炉煮茗，或吃煊羊肉，剥花生米，饮白干的滋味。而有地炉，暖炕等设备的人家，不管它门外面是雪深几尺，或风大若雷，而躲在屋里过活的两三个月的生活，却是一年之中最有劲的一段蛰居异境；老年人不必说，就是顶喜欢活动的小孩子们，总也是个个在怀恋的，因为当这中间，有的萝卜，鸭儿梨等水果的闲食，还有大年夜，正月初一元宵等热闹的节期。

　　但在江南，可又不同；冬至过后，大江以南的树叶，也不至于脱尽。寒风——西北风——间或吹来，至多也不过冷了一日两日。到得灰云扫尽，落叶满街，晨霜白得像黑女脸上的脂粉似的。清早，太阳一上屋檐，鸟雀便又在吱叫，泥地里便又放出水蒸气来，老翁小孩就又可以上门前的隙地里去坐着曝背谈天，营屋外的生涯了；这一种江南的冬景，岂不也可爱得很吗？

我生长在江南，儿时所受的江南冬日的印象，铭刻特深；虽则渐入中年，又爱上了晚秋，以为秋天正是读读书，写写字的人的最惠节季，但对于江南的冬景，总觉得是可以抵得过北方夏夜的一种特殊情调，说得摩登些，便是一种明朗的情调。

我也曾到过闽粤，在那里过冬天，和暖原极和暖，有时候到了阴历的年边，说不定还不得不拿出纱衫来着；走过野人的篱落，更还看得见许多杂七杂八的秋花！一番阵雨雷鸣过后，凉冷一点；至多也只好换上一件夹衣，在闽粤之间，皮袍棉袄是绝对用不着的；这一种极南的气候异状，并不是我所说的江南的冬景，只能叫它作南国的长春，是春或秋的延长。

江南的地质丰腴而润泽，所以含得住热气，养得住植物；因而长江一带，芦花可以到冬至而不败，红时也有时候会保持住三个月以上的生命。像钱塘江两岸的乌桕树，则红叶落后，还有雪白的桕子着在枝头，一点一丛，用照相机照将出来，可以乱梅花之真。草色顶多成了赭色，根边总带点绿意，非但野火烧不尽，就是寒风也吹不倒的。若遇到风和日暖的午后，你一个人肯上冬郊去走走，则青天碧落之下，你不但感不到岁时的肃杀，并且还可以饱觉着一种莫名其妙的含蓄在那里的生气；"若是冬天来了，春天也总马上会来"的诗人的名句，只有在江南的山野里，最容易体会得出。

说起了寒郊的散步，实在是江南的冬日，所给与江南居住者的一种特异的恩惠；在北方的冰天雪地里生长的人，是终他的一生，也绝不会有享受这一种清福的机会的。我不知道德国的冬天，比起我们江浙来如何，但从许多作家的喜欢以 Spazier-gang 一字来做他们的创造题目的一点看来，大约是德国南部地方，四季的变迁，总也和我们的江南差仿不多。譬如说十九世纪的那位乡土诗人洛在格（Peter Rosegger，1843—1918）吧，他用这一个"散步"做题目的文章尤其写得多，而所写的情形，却又是大半可以拿到中国江浙的山区地方来适用的。

江南河港交流，且又地滨大海，湖沼特多，故空气里时含水分；到得冬天，不时也会下着微雨，而这微雨寒村里的冬霖景象，又是一种说不出的悠闲境界。你试想想，秋收过后，河流边三五家人家会聚在一道的一个小村子里，门对长桥，窗临远阜，这中间又多是树枝槎丫的杂木树林；在这一幅冬日农村的图上，再洒上一层细得同粉也似的白雨，加上一层淡得几不成墨的背景，你说还够不够悠闲？若再要点景致进去，则门前可以泊一只乌篷小船，茅屋里可以添几个喧哗的酒客，天垂暮了，还可以加一味红黄，在茅屋窗中画上一圈暗示着灯光的月晕。人到了这一个境界，自然会得胸襟洒脱起来，终至于得失俱亡，死生不问了；我们总该还记得唐朝那位诗人做的"暮雨潇潇江上村"的一首绝句罢？诗人到此，连对绿林豪客都客气起来了，这不是江南冬景的迷人又是什么？

一提到雨，也就必然的要想到雪："晚来天欲雪，能饮一杯无？"自然是江南日暮的雪景。"寒沙梅影路，微雪酒香村"，则雪月梅的冬宵三友，会合在一道，在调戏酒姑娘了。"柴门闻犬吠，风雪夜归人"，是江南雪夜，更深人静后的景况。"前村深雪里，昨夜一枝开"又到了第二天的早晨，和狗一样喜欢弄雪的村童来报告村景了。诗人的诗句，也许不尽是在江南所写，而做这几句诗的诗人，也许不尽是江南人，但假了这几句诗来描写江南的雪景，岂不直截了当，比我这一枝愚劣的笔所写的散文更美丽得多？

有几年，在江南，在江南也许会没有雨没有雪的过一个冬，到了春间阴历的正月底或二月初再冷一冷下一点春雪的；去年（一九三四）的冬天是如此，今年的冬天恐怕也不得不然，以节气推算起来，大约太冷的日子，将在一九三六年的二月尽头，最多也总不过是七八天的样子。像这样的冬天，乡下人叫作旱冬，对于麦的收成或者好些，但是人口却要受到损伤；旱得久了，白喉，流行性感冒等疾病自然容易上身。可是想恣意享受江南的冬景的人，在这一种冬天，倒只会得到快活一点，因为晴和的日子多了，上郊外去闲步逍遥的机会自然也多；日本人叫作 Hiking，德国人叫作 Spaziergang 狂者，所最欢迎的也就是这样的冬天。

窗外的天气晴朗得象晚秋一样，晴空的高爽，日光的洋溢，引诱得使你在房间里坐不住。空言不如实践，这一种无聊的杂文，我也不再想写下去了，还是拿起手杖，搁下纸笔，上湖上散散步罢！

1935 年 12 月 1 日

荷塘月色

/朱自清

　　这几天心里颇不宁静。今晚在院子里坐着乘凉，忽然想起日日走过的荷塘，在这满月的光里，总该另有一番样子吧。月亮渐渐地升高了，墙外马路上孩子们的欢笑，已经听不见了；妻在屋里拍着闰儿，迷迷糊糊地哼着眠歌。我悄悄地披了大衫，带上门出去。

　　沿着荷塘，是一条曲折的小煤屑路。这是一条幽僻的路，白天也少人走，夜晚更加寂寞。荷塘四面，长着许多树，蓊蓊郁郁的。路的一旁，是些杨柳，和一些不知道名字的树。没有月光的晚上，这路上阴森森的，有些怕人。今晚却很好，虽然月光也还是淡淡的。

　　路上只我一个人，背着手踱着。这一片天地好像是我的，我也像超出了平常的自己，到了另一个世界里。我爱热闹，也爱冷静；爱群居，也爱独处。像今晚上，一个人在这苍茫的月下，什么都可以想，什么都可以不想，便觉是个自由的人。白天里一定要做的事，一定要说的话，现在都可不理。这是独处的妙处，我且受用这无边的荷香月色好了。

　　曲曲折折的荷塘上面，弥望的是田田的叶子。叶子出水很高，像亭亭的舞女的裙。层层的叶子中间，零星地点缀着些白花，有袅娜地开着的，有羞涩地打着朵儿的；正如一粒粒的明珠，又如碧天里的星星，又如刚出浴的美人。微风过处，送来缕缕清香，仿佛远处高楼上渺茫的歌声似的。这时候叶子与花也有一丝的颤动，像闪电般，霎时传过荷塘的那边去了。叶子本是肩并肩密密地挨着，这便宛然有了一道凝碧的波痕。叶子底下是脉脉的流水，遮住了，不能见一些颜色，而叶子却更见风致了。

　　月光如流水一般，静静地泻在这一片叶子和花上。薄薄的青雾浮起在荷塘里。叶子和花仿佛在牛乳中洗过一样，又像笼着轻纱的梦。虽然是满月，天上却有一层淡淡的云，所以不能朗照；但我以为这恰是到了好处——酣眠固不可少，小睡也别有风味的。月光是隔了树照过来的，高处丛生的灌木，落下参差的斑驳的黑影，峭楞楞如鬼一般；弯弯的杨柳的稀疏的倩影，却又像是画在荷叶上。塘中的月色并不均匀，但光与影有着和谐的旋律，如梵婀玲上奏着的名曲。

　　荷塘的四面，远远近近，高高低低都是树，而杨柳最多。

这些树将一片荷塘重重围住；只在小路一旁，漏着几段空隙，像是特为月光留下的。树色一例是阴阴的，乍看像一团烟雾；但杨柳的丰姿，便在烟雾里也辨得出。树梢上隐隐约约的是一带远山，只有些大意罢了。树缝里也漏着一两点路灯光，没精打采的，是渴睡人的眼。这时候最热闹的，要数树上的蝉声与水里的蛙声；但热闹是它们的，我什么也没有。

忽然想起采莲的事情来了。采莲是江南的旧俗，似乎很早就有，而六朝时为盛，从诗歌里可以约略知道。采莲的是少年的女子，她们是荡着小船，唱着艳歌去的。采莲人不用说很多，还有看采莲的人。那是一个热闹的季节，也是一个风流的季节。梁元帝《采莲赋》里说得好：

> 于是妖童媛女，荡舟心许；鹢首徐回，兼传羽杯；棹将移而藻挂，船欲动而萍开。尔其纤腰束素，迁延顾步；夏始春余，叶嫩花初，恐沾裳而浅笑，畏倾船而敛裾。

可见当时嬉游的光景了。这真是有趣的事，可惜我们现在早已无福消受了。

于是又记起，《西洲曲》里的句子：

> 采莲南塘秋，莲花过人头；低头弄莲子，莲子清如水。

今晚若有采莲人，这儿的莲花也算得"过人头"了；只不见一些流水的影子，是不行的。这令我到底惦着江南了。——这样想着，猛一抬头，不觉已是自己的门前；轻轻地推门进去，什么声息也没有，妻已睡熟好久了。

1927 年 7 月，北京清华园。

落花生

/许地山

　　我们家的后园有半亩空地。母亲说："让它荒着怪可惜的，你们那么爱吃花生，就开辟出来种花生吧。"我们姐弟几个都很高兴，买种，翻地，播种，浇水，没过几个月，居然收获了。

　　母亲说："今晚我们过一个收获节，请你们父亲也来尝尝我们的新花生，好不好？"母亲把花生做成了好几样食品，还吩咐就在后园的茅草亭过这个节。

　　晚上天色不太好。可是父亲也来了，实在很难得。

　　父亲说："你们爱吃花生吗？"

　　我们争着答应："爱！"

"谁能把花生的好处说出来？"

姐姐说："花生的味儿美。"

哥哥说："花生可以榨油。"

我说："花生的价钱便宜，谁都可以买来吃，都喜欢吃。这就是它的好处。"

父亲说："花生的好处很多，有一样最可贵：它的果实埋在地里，不像桃子、石榴、苹果那样，把鲜红嫩绿的果实高高地挂在枝头上，使人一见就生爱慕之心。你们看它矮矮地长在地上，等到成熟了，也不能立刻分辨出来它有没有果实，必须挖起来才知道。"

我们都说是，母亲也点点头。

父亲接下去说："所以你们要像花生一样，它虽然不好看，可是很有用。"

我说："那么，人要做有用的人，不要做只讲体面，而对别人没有好处的人。"

父亲说："对。这是我对你们的希望。"

我们谈到深夜才散。花生做的食品都吃完了，父亲的话深深地印在我的心上。

（原载 1922 年 8 月《小说月报》第 13 卷第 8 号）

北海纪游

/朱　湘

　　九日下午，去北海，想在那里作完我的《洛神》，呈给一位不认识的女郎，路上遇到刘兄梦苇，我就变更计划，邀他一同去逛一天北海。那里面有一条槐树的路，长约四里，路旁是两行高而且大的槐树，倚傍着小山，山外便是海水了；每当夕阳西下清风徐来的时候，到这槐荫之路上来散步，仰望是一片凉润的青碧，旁视是一片渺茫的波浪，波上有黄白各色的小艇往来其间，衬着水边的芦荻，路上的小红桥，枝叶之间偶尔瞧得见白塔高耸在远方，与它的赭色的塔门，黄金的塔尖，这条槐路的景致也可说是兼有清幽与富丽之美了。我本来是想去那条路上闲行的，但是到的时候天气还早，我们就转入濠濮园的后堂暂息。

　　这间后堂傍着一个小池，上有一座白石桥，池的两旁是小山，山上长着柏树，两山之间竖着一座石门，池中游鱼往来，间或有金鱼浮上。我们坐定之后，谈了些闲话，谈到我们这一班人所作的诗行由规律的字数组成的新诗之上去。梦苇告诉我，有许多人对于我们的这种举动大不以为然，但同时有两种人，一种是向来对新诗取厌恶态度的人，一种是新诗作了许久与我们悟出同样的道理的人，他们看见我们的这种新诗以后，起了深度的同情。后来又谈到一班作新诗的人当初本是轰轰烈烈，但是出了一个或两个集子之后，便销声匿迹，不仅没有集子陆续出来，并且连一首好诗都看不见了。梦苇对于这种现象的解释很激烈，他说这完全是因为一班人拿诗作进身之阶，等到名气成了，地位有了，诗也就跟着扔开了。他的话虽激烈，却也有部分的真理，不过我觉着主要的缘因另有两个：浅尝的倾向，抒情的偏重。我所说的浅尝者，便是那班本来不打算终身致力于诗，不过因了一时的风气而舍些工夫来此尝试一下的人。他们当中虽然不能说是竟无一人有诗的禀赋、涵养、见解、毅力，但是即使有的时候，也不深。等到这一点子热心与能耐用完之后，他们也就从此销声匿迹了。诗，与旁的学问旁的艺术一般，是一种终身的事业，并非靠了浅尝可以兴盛得起来的。最可恨的便是这些浅尝者之中有人居然连一点自知之明都没有，他们居然坚执着他们的荒谬主张，溺爱着他们的浅陋作品，对于真正的方在萌芽的新诗加以热骂与冷嘲，并且挂起他们的新诗老前辈的招牌来蒙蔽大众，这是新诗发达上的一个大阻梗。还有一个阻梗便是胡适的一种浅薄可笑的主张，他说，现代的诗应当偏重抒情的一方面，庶几可以适应忙碌的现代人的需要。殊不知诗之长短与其需时之多寡当中毫无比例可言。李白的《敬亭独坐》虽然只有寥寥的二十个字，但是要领略出它的好处，所需的时间之多，只有过于《木兰辞》而无不及。进一层，我们可以说，像《敬亭独坐》这一类的抒情诗，忙碌的现代人简直看不懂。再进一层说，忙碌的现代人干脆就不需要诗，小说他们都嫌没有工夫与精神去看，更何况诗？电影，我说，最不艺术的电影是最为现代人所需要的了。所以，我们如想迎合现代人的心理，就不必作诗；想作诗，就不必顾及现代人的嗜好。诗的种类很多，抒情不过是一种，此外如叙事诗、史诗、诗剧、讽刺诗、写景诗等等哪一种不是充满了丰富的希望，值得致力于诗的人去努力？上述的两种现象，抒情的偏重，使诗不能作多方面的发展，浅尝的倾向，使诗不能作到深宏与丰富的田地，便是新诗之所以不兴旺的两个主因。

我们谈完之后，时候已经不早了；我们便起身，转上槐路，绕海水的北岸，经过用黄色与淡青的琉璃瓦造成的琉璃牌楼，在路上谈了一些话，便租定一只小划船。这时候西北方已经起了乌云，并且时时有凉风吹过白色的水面，颇有雨意，但是我们下了船。我们看见一个女郎独划着一只绿色的船，她身上穿着白色的衣裙，手上戴着白色的手套，草帽是淡黄色的，她的身躯节奏的与双桨交互的低昂着，在船身转弯的时候，那种一手顺划一手逆划两臂错综而动的姿势更将女身的曲线美表现出来；我们看看，一边艳羡，一边自家划船的勇气也不觉地陡增十倍。本来我的右手是因为前几天划船过猛擦破了几块皮到如今刚合了创口的，到此也就忘记掉了。我们先从松坡图书馆向漪澜堂划了一个直过，接着便向金鳌玉蝀桥放船过去；半路之上，果然有雨点稀疏地洒下来了。雨点落在水面之上，激起一个小涡，涡的外缘凸起，向中心凹下去，但是到了中心的时候，又突然地高起来，形成一个白的圆锥，上联着雨丝。这不过是刹那中的事。雨涡接着迅捷地向四周展开去，波纹越远越淡，以至于无。我此时不觉地联想起济慈的四行诗来：

> Ever let the fancy roam,
>
> Pleasure never is at home：
>
> At a touch sweet pleasure melteth，
>
> Like to bubbles when rain pelteth.

雨大了起来。雨点含着光有如水银粒似的密密落下。雨阵有如一排排的戈矛，在空中熠耀；忽促的雨点敲水声便是衔枚疾走时脚步的声息。这一片飒飒之中，还听到一种较高的声响，那就是雨落在新出水的荷叶上面时候发出来的。我们掉转船头，一面愉快地划着，一面避到水心的席棚下休息。

棹 歌

水 心

仰身呀桨落水中，对长空；俯首呀双桨如翼，鸟凭风。头上是天，水在两边，更无障碍当前；白云驶空，鱼游水中，快乐呀与此正同。

岸 侧

仰身呀桨在水中，对长空；俯首呀双桨如翼，鸟凭风。树有浓荫，葭苇青青，野花长满水滨；鸟啼叶中，鸥投苇丛，蜻蜓呀头绿身红。

风 朝

仰身呀桨落水中，对长空；俯首呀双桨如翼，鸟凭风。
白浪扑来，水雾拂腮，天边布满云霾；船晃得凶，快往前
冲，小心呀翻进波中。

雨 天

仰身呀桨落水中，对长空；俯首呀双桨如翼，鸟凭风。
雨丝像帘，水涡像钱，一片缭乱轻烟；雨势偶松，暂展朦
胧，瞧见呀青的远峰。

春 波

仰身呀桨落水中，对长空；俯首呀双桨如翼，鸟凭风。
鸟儿高歌，燕儿掠波，鱼儿来往如梭；白的云峰，青的天
空，黄金呀日色融融。

夏 荷

仰身呀桨落水中，对长空；俯首呀双桨如翼，鸟凭风。
荷花清香，缭绕船旁，轻风飘起衣裳；菱藻重重，长在水
中，双桨呀欲举无从。

秋 月

仰身呀桨落水中，对长空；俯首呀双桨如翼，鸟凭风。
月在上飘，船在下摇，何人远处吹箫？芦荻丛中，吹过秋
风，水蚓呀应着寒蛩。

冬 雪

仰身呀桨落水中，对长空；俯首呀双桨如翼，鸟凭风。
雪花轻飞，飞满山限，飞向树枝上垂；到了水中，它却消

溶，绿波呀载过渔翁。

雨势稍停，我们又划了出来。划了一程之后，忽然间刮起了劲风来；风在海面上吹起一阵阵的水雾，迷人眼睛，朦胧里只见黑浪一个个向我们滚来。浪的上缘俯向前方，浪的下部凹入，真像一群张口的海兽要跑来吞我们似的，水在船旁舐吮作响，船身的颠摇十分厉害：这刻的心境介于悦乐与惊恐之间，一心一目之中只记着，向前划！向前划！虽然两臂麻木了，右手上已合的创口又裂了，还是记着，向前划！

上岸之后，虽然休息了许久，身体与手臂尚自在那里摆动。还记得许多年前，头一次凫水，出水之后，身子轻飘飘的，好像鸟儿在空中飞翔一般。不料那时所感到的快乐又复现于今天了。

吃完点心之后，（今天的点心真鲜！）我们离开漪澜堂，又向对岸渡过去，这次坐的是敞篷船。此刻雨阵过了，只有很疏的雨点偶尔飘来。展目远观，见鱼肚白的夕空渲染着浓灰色以及淡灰色的未尽的雨云，深浅不一，下面是暗青的海水，水畔低昂着嫩绿色的芦苇，时有玄脊白腹的水鸟在一片绿色之中飞过。加上天水之间远山上的翠柏之色，密叶中的几点灯光，还有布谷高高地隐在雨云之中发出清脆的啼声，真令人想起了江南的烟雨之景。

上岸后，雨又重新下起来。但是我们两人的兴却发作了：梦苇嚷着要征服自然，我嚷着要上天王殿的楼上去听雨。我们走到殿的前头，瞧见琉璃牌楼的三座孤门之上一毫未湿，便先在这里停歇下来。这时候天已经黑了，我们从槐树的叶中可以看得见天空已经转成了与海水一样深青的颜色，远处的琼岛亮着一片灯光，灯光倒映在水中，晃动闪灼，有波纹把它分隔成许多层。雨点打在远近无数的树上，有时急，有时缓；急时，像独坐在佛殿中，峥嵘的殿柱与庄严的佛像只在隐约的琉璃灯光与炉香的光点内可以瞧见；沉默充满了寺内殿堂，寂静弥漫了寺外的山岭；忽然之间，一阵风来，吹得檐角与塔尖的铁马铜铃不断地响，山中的老松怪柏飕飕地呼吼，杂着从远峰飘来的瀑布的声响，真是战马奔腾，怒潮澎湃。缓时，像在一座墓园之内，黄昏的时候，鸟儿在树枝上栖息定了，乡人已经离开了田野与牧场回到家中安歇，坟墓中的幽灵一齐无声地偷了出来，伴着空中的蝙蝠作回旋的哑舞；他们的脚步落得真轻，一点声息不闻，只有萤虫燃着的小青灯照见他们憧憧的影子在暗中来往；他们舞得愈出神，在旁观看的人也愈屏息无声；最后，白杨萧萧地叹起气来，惋惜舞蹈之易终以及墓中人的逐渐零落投阳去了；一群面庞黄瘦的小草也跟着点头，飒飒地微语，说是这些话不错。

雨声之中，我们转身瞧天王殿，只见黑魆魆的一点灯火俱无，我们登楼听雨的计划于是不得不中止了。我们又闲谈起来。我们评论时人，预想未来，归根又是谈到文学上去。说到文学与艺术之关系的时候，我讲：插图极能增进读者对于文学书籍的兴趣，我们中国旧文学书中的插图工细别致，《红楼梦》一书更得到画家不断地为它装画。在西方这一方面的人才真是多不胜数，只拿英国来讲，如从前的克鲁可贤（Cruikshank），现代的毕兹雷（Beardsley），又如自己替自己的小说作插图的萨克雷（Thackeray），都是脍炙人口的；还有文学与音乐的关系，我国古代与西方都是很密切的，好的抒情诗差不多都已谱入了音乐，成了人民生活的一部分，新诗则尚未有音乐上的人才来在这方面致力。

我们谈着，时刻已经不早了。雨算是过去了，但枝叶间雨滴依然纷乱地洒下，好像雨并没有停住一般。偶尔有一辆人力车拖过，想必是迟归的游客乘着园内预备的车；还偶尔有人撑着纸伞拖着钉鞋低头走过，这想必是园中的夫役。我们起身走上路时，只见两行树的黑影围在路的左右，走到许远，才看见一盏被雨雾朦了罩的路灯。大半时候还是凭着路中雨水洼的微光前进。

我们一面走着，一面还谈。我说出了我所以作新诗的理由，不为这个，不为那个，只为它是一种崭新的工具，有充分发展的可能；它是一方未垦的膏壤，有丰美收成的希望。诗的本质是一成不变万古长新的，它便是人性。诗的形体则是一代有一代的：一种形体的长处发展完了，便应当另外创造一种形体来代替，一种形体的时代之长短完全由这种形体的含性之大小而定。诗的本质是向内发展的，诗的形体是向外发展的。《诗经》，《楚辞》，何默尔（通译：荷马）的史诗，这些都是几千年上的文学产品，但是我们这班后生几千年的人读起它们来仍然受很深的感动；这便是因为它们能把永恒的人性捉到一相或多相，于是它们就跟着人性一同不朽了。至于诗的形体则我们常看见它们在那里新陈代谢。拿中国的诗来讲，赋体在楚汉发展到了极点，便有"诗"体代之而兴。"诗"体的含性最大，它的时代也最长；自汉代上溯战国下达唐代，都是它的时代。在这长的时代当中，四言盛于战国，五古盛于汉魏六朝唐代，七古盛于唐宋，乐府盛的时代与五古相同，律绝盛于唐。到了五代两宋，便有词体代"诗"体而兴。到了元明与清，词体又一衍而成曲体。再拿英国的诗来讲，无韵体（Blank verse）与十四行诗（Sonnet）盛于伊丽沙白时代，乐府体（Ballad measure）盛于十七世纪中叶，骈韵体（Rhymed couplet）盛于多莱登（Dryden）、蒲卜（Pope）两人的手中。我们的新诗不过说是一种代曲体而兴的诗体，将来它的内含一齐发展出来了的时候，自然会另有一种别的更新的诗体来代替它。但是如今正是新诗的时代，我们应当尽力来搜求，发展它的长处。就文学史上看来，差不多每种诗体的最盛时期都是这种诗体运用的初期；所以现在工具是有了，看我们会不会运用它。我们要是争气，那我们便有身预或目击盛况的福气；要是不争气，那新诗的兴盛只好再等五十年甚至一百年了。现在的新诗，在抒情方面，近两年来已经略具雏形，但叙事诗与诗剧则仍在胚胎之中。据我的推测，叙事诗将在未来的新诗上占最重要的位置。因为叙事体的弹性极大，《孔雀东南飞》与何默尔的两部史诗（叙事诗之一种）便是强有力的证据，所以我推想新诗将以叙事体来作人性的综合描写。

两行高大的树影矗立在两旁，我们已经走到槐路上了。雨滴稀疏地淅沥着。右望海水，一片昏黑，只有灯光的倒影与海那边的几点灯光闪亮。倒是为了这个缘故，我们的面前更觉得空旷了。

我们走到了团城下的石桥，走上桥时，两人的脚步不期然而然的同时停下。桥左的一泓水中长满了荷叶：有初出水的，贴水浮着；有已出水的，荷梗承着叶盘，或高或矮，或正或欹；叶面是青色，叶底则淡青中带黄。在暗淡的灯光之下，一切的水禽皆已栖息了，只有鱼儿唼喋的声音，跃波的声音，杂着曼长的水蚓的轻嘶，可以听到。夜风吹过我们的耳边，低语道：一切皆已休息了，连月姊都在云中闭了眼安眠，不上天空之内走她孤寂的路程；你们也听着鱼蚓的催眠歌，入梦去罢。

（选自 1934 年 10 月《中书集》）

泰山日出

/徐志摩

　　振铎来信要我在《小说月报》的泰戈尔号上说几句话。我也曾答应了，但这一时游济南游泰山游孔陵，太乐了，一时竟拉不拢心思来做整篇的文字，一直挨到现在期限快到，只得勉强坐下来，把我想得到的话不整齐地写出。

　　我们在泰山顶上看出太阳。在航过海的人，看太阳从地平线下爬上来，本不是奇事；而且我个人是曾饱饫过红海与印度洋无比的日彩的。但在高山顶上看日出，尤其在泰山顶上，我们无餍的好奇心，当然盼望一种特异的境界，与平原或海上不同的。果然，我初起时，天还暗沉沉的，西方是一片的铁青，东方些微有些白意，宇宙只是——如用旧词形容——一体莽莽苍苍的。但这是我一面感觉劲烈的晓寒，一面睡眼不曾十分醒豁时约略的印象。等到留心回览时，我不由得大声地狂叫——因为眼前只是一个见所未见的境界。原来昨夜整夜暴风的工程，却砌成一座普遍的云海。除了日观峰与我们所在的玉皇顶以外，东西南北只是平铺着弥漫的云气，在朝旭未露前，宛似无量数厚氄长绒的绵羊，交颈接背地眠着，卷耳与弯角都依稀辨认得出。那时候在这茫茫的云海中，我独自站在雾霭溟蒙的小岛上，发生了奇异的幻想——

我躯体无限地长大，脚下的山峦比例我的身量，只是一块拳石；这巨人披着散发，长发在风里像一面墨色的大旗，飒飒地在飘荡。这巨人竖立在大地的顶尖上，仰面向着东方，平拓着一双长臂，在盼望，在迎接，在催促，在默默地叫唤；在崇拜，在祈祷，在流泪——在流久慕未见而将见悲喜交互的热泪……

这泪不是空流的，这默祷不是不生显应的。

巨人的手，指向着东方——

东方有的，在展露的，是什么？

东方有的是瑰丽荣华的色彩，东方有的是伟大普照的光明——出现了，到了，在这里了……

玫瑰汁、葡萄浆、紫荆液、玛瑙精、霜枫叶——大量的染工，在层累的云底工作。无数蜿蜒的鱼龙，爬进了苍白色的云堆。

一方的异彩，揭去了满天的睡意，唤醒了四隅的明霞——

光明的神驹，在热奋地驰骋……

云海也活了，眠熟了兽形的涛澜，又回复了伟大的呼啸，昂头摇尾地向着我们。朝露染青的馒形小岛冲洗，激起了四岸的水沫浪花，震荡着这生命的浮礁，似在报告光明与欢欣之临莅……

再看东方——海句力士已经扫荡了他的阻碍，雀屏似的金霞，从无垠的肩上产生，展开在大地的边沿。起……起……用力，用力。纯焰的圆颅，一探再探的跃出了地平，翻登了云背，临照在天空……

歌唱呀，赞美呀，这是东方之复活，这是光明的胜利……

散发祷祝的巨人，他的身彩横亘在无边的云海上，已经渐渐地消翳在普遍的欢欣里；现在他雄浑的颂美的歌声，也已在霞彩变幻中，普彻了四方八隅……

听呀，这普彻的欢声；看呀，这普照的光明！

这是我此时回忆泰山日出时的幻想，亦是我想望泰戈尔来华的颂词。

（原刊 1923 年 9 月《小说月报》第 14 卷第 9 号）

春的林野

/许地山

春光在万山环抱里，更是泄露得迟。那里的桃花还是开着，漫游的薄云从这峰飞过那峰，有时稍停一会，为的是挡住太阳，教地面的花草在它的荫下避避光焰的威吓。

岩下的荫处和山溪的旁边长满了薇蕨和其它凤尾草。红、黄、蓝、紫的小草花点缀在绿茵上头。

天中的云雀，林中的金莺，都鼓起它们的舌簧。轻风把它们的声音挤成一片，分送给山中各样有耳无耳的生物。桃花听得入神，禁不住落了几点粉泪，一片一片凝在地上。小草花听得大醉，也和着声音的节拍一会儿倒，一会儿起，没有镇定的时候。

林下一班孩子正在那里捡桃花的落瓣哪。他们捡着，清儿忽嚷起来，道："嘎，邕邕来了！"众孩子住了手。都向桃林的尽头盼望。果然邕邕也在那里摘草花。

清儿道："我们今天可要试试阿桐的本领了。若是他能办得到，我们都把花瓣穿成一串璎珞围在他身上，封他为大哥如何？"

众人都答应了。

阿桐走到邕邕面前，道："我们正等着你来呢。"

阿桐的左手盘在邕邕的脖上，一面走一面说："今天他们要替你办嫁妆，教你做我的妻子。你能做我的妻子吗？"邕邕狠视了阿桐一下，回头用手推他，不许他的手再搭在自己脖上。孩子们都笑得支持不住了。

众孩子嚷道："我们见过邕邕用手推人了！阿桐赢了！"邕邕从来不会拒绝人，阿桐怎能知道一说那话，就能使她动手呢？是春光的荡漾，把他这种心思泛出来呢？或者，天地之心就是这样呢？

你且看：漫游的薄云还是从这峰飞过那峰。

你且听：云雀和金莺的歌声还布满了空中和林中。在这万山环抱的桃林中，除那班爱闹的孩子以外，万物把春光领略得心眼都迷蒙了。

扬州的夏日

/朱自清

扬州从隋炀帝以来，是诗人文士所称道的地方；称道的多了，称道得久了，一般人便也随声附和起来。直到现在，你若向人提起扬州这个名字，他会点头或摇头说："好地方！好地方！"特别是没去过扬州而有念过些唐诗的人，在他心里，扬州真像蜃楼海市一般美丽；他若念过《扬州画舫录》一类书，那更了不得了。但在一个久住扬州像我的人，他却没有那么多美丽的幻想，他的憎恶也许掩住了他的爱好，他也许离开了三四年并不去想它。若是想呢，——你说他想什么？女人？不错，这似乎也有名，但怕不是现在的女人吧？——他只会想着扬州的夏日，虽然与女人仍然不无关系的。

北方和南方一个大不同，在我看，就是北方无水而南方有。

诚然，北方今年大雨，永定河，大清河甚至决了堤防，但这并不能算是有水；北平的三海和颐和园虽然有点儿水，但太平衍了，一览而尽，船又那么笨头笨脑的。有水的仍然是南方。扬州的夏日，好处大半便在水上——有人称为"瘦西湖"，这个名字真是太"瘦"了，假西湖之名以行，"雅得这样俗"，老实说，我是不喜欢的。下船的地方便是护城河，曼衍开去，曲曲折折，直到平山堂，——这是你们熟悉的名字——有七八里河道，还有许多权权桠桠的支流。这条河其实也没有顶大的好处，只是曲折而有些幽静，和别处不同。

沿河最著名的风景是小金山，法海寺，五亭桥，最远的便是平山堂了。金山你们是知道的，小金山却在水中央。在那里望水最好，看月自然也不错——可是我还不曾有过那样福气。"下河"的人十之九是到这儿的，人不免太多些。法海寺有一个塔，和北海的一样，据说是乾隆皇帝下江南，盐商们连夜督促匠人造成的。法海寺著名的自然是这个塔，但还有一桩，你们猜不着，是红烧猪头。夏天吃红烧猪头，在理论上也许不甚相宜；可是在实际上，挥汗吃着，倒也不坏的。五亭桥如名字所示，是五个亭子的桥。桥是拱形，中一亭最高，两边四亭，参差相称；最宜远看，或看影子，也好。桥洞颇多，乘小船穿来穿去，另有风味。平山堂在蜀冈上。登堂可见江南诸山淡淡的轮廓，"山色有无中"一句话，我看是恰到好处，并不算错。这里游人较少，闲坐在堂上，可以永日。沿路光景，也以闲寂胜。从天宁门或北门下船，蜿蜒的城墙，在水里倒映着苍黝的影子，小船悠然地撑过去，岸上的喧扰像没有似的。

船有三种：大船专供宴游之用，可以挟妓或打牌。小时候常跟了父亲去，在船里听着谋得利洋行的唱片。现在这样乘船的大概少了吧？其次是"小划子"，真像一瓣西瓜，由一个男人或女人用竹篙撑着。乘的人多了，便可雇两只，前后用小凳子跨着：这也可算得"方舟"了。后来又有一种"洋划"，比大船小，比"小划子"大，上支布篷，可以遮日遮雨。"洋划"渐渐地多，大船渐渐地少，然而"小划子"总是有人要的。这不独因为价钱最贱，也因为它的伶俐。一个人坐在船中，让一个人站在船尾上用竹篙一下一下地撑着，简直是一首唐诗，或一幅山水画。而有些好事的少年，愿意自己撑船，也非"小划子"不行。"小划子"虽然便宜，却也有些分别。譬如说，你们也可想到的，女人撑船总要贵些，姑娘撑的自然更要贵了。这些撑船的女子，便是有人说过的"瘦西湖上的船娘"。船娘们的故事大概不少，但我不很知道。据说以乱头粗服，风趣天然为胜；中年而有风趣，也仍然算好。可是起初原是逢场作戏，或尚不伤廉惠；以后居然有了价格，便觉意味索然了。

北门外一带，叫作下街，"茶馆"最多，往往一面临河。船行过时，茶客与乘客可以随便招呼说话。船上人若高兴时，也可以向茶馆中要一壶茶，或一两种"小笼点心"，在河中喝着，吃着，谈着。回来时再将茶壶和所谓小笼，连价款一并交给茶馆中人。撑船的都与茶馆相熟，他们不怕你白吃。扬州的小笼点心实在不错：我离开扬州，也走过七八处大大小小的地方，还没有吃过那样好的点心，这其实是值得惦记的。茶馆的地方大致总好，名字也颇有好的。如香影廊，绿杨树，红叶山庄，都是到现在还记得的。绿杨村的幌子，挂在绿杨树上，随风飘展，使人想起"绿杨城郭是扬州"的名句。里面还有小池，丛竹，茅亭，景物最幽。这一带的茶馆布置都历落有致，迥非上海、北平方方正正的茶楼可比。

"下河"总是下午。傍晚回来，在暮霭朦胧中上了岸，将大褂折好搭在腕上，一手微微摇着扇子，这样进了北门或天宁门走回家中。这时候可以念"又得浮生半日闲"那一句诗了。

（原载 1929 年 12 月 11 日《白华旬刊》第 4 期）

桨声灯影里的秦淮河

/朱自清

    一九二三年八月的一晚，我和平伯同游秦淮河；平伯是初泛，我是重来了。我们雇了一只"七板子"，在夕阳已去，皎月方来的时候，便下了船。于是桨声汩——汩，我们开始领略那晃荡着蔷薇色的历史的秦淮河的滋味了。

    秦淮河里的船，比北京万牲园、颐和园的船好，比西湖的船好，比扬州瘦西湖的船也好。这几处的船不是觉着笨，就是觉着简陋、局促；都不能引起乘客们的情韵，如秦淮河的船一样。秦淮河的船约略可分为两种：一是大船，一是小船，就是所谓"七板子"。大船舱口阔大，可容二三十人。里面陈设着字画和光洁的红木家具，桌上一律嵌着冰凉的大理石面。窗格雕镂颇细，使人起柔腻之感。窗格里映着红色蓝色的玻璃，玻璃上有精致的花纹，也颇悦人目。"七板子"规模虽不及大船，但那淡蓝色的栏干、空敞的舱，也足系人情思。而最出色处却在它的舱前。舱前是甲板上的一部。上面有弧形的顶，两边用疏疏的栏干支着。里面通常放着两张藤的躺椅。躺下，可以谈天，可以望远，可以顾盼两岸的河房。大船上也有这个，便在小船上更觉清隽罢了。舱前的顶下，一律悬着灯彩；灯的多少，明暗，彩苏的精粗，艳晦，是不一的。但好歹总还你一个灯彩。这灯彩实在是最能勾人的东西。夜幕垂垂地下来时，大小船上都点起灯火。从两重玻璃里映出那辐射着的黄黄的散光，反晕出一片朦胧的烟霭；透过这烟霭，在黯黯的水波里，又逗起缕缕的明漪。在这薄霭和微漪里，听着那悠然的间歇的桨声，谁能不被引入他的美梦去呢？只愁梦太多了，这些大小船儿如何载得起呀？我们这时模模糊糊地谈着明末的秦淮河的艳迹，如《桃花扇》及《板桥杂记》里所载的。我们真神往了。我们仿佛亲见那时华灯映水、画舫凌波的光景了。于是我们的船便成了历史的重载了。我们终于恍然秦淮河的船所以雅丽过于他处，而又有奇异的吸引力的，实在是许多历史的影像使然了。

秦淮河的水是碧阴阴的，看起来厚而不腻，或者是六朝金粉所凝吗？我们初上船的时候，天色还未断黑，那漾漾的柔波是这样的恬静，委婉，使我们一面有水阔天空之想，一面又憧憬着纸醉金迷之境。等到灯火明时，阴阴的变为沉沉了：黯淡的水光，像梦一般；那偶然闪烁着的光芒，就是梦的眼睛了。我们坐在舱前，因了那隆起的顶棚，仿佛总是昂着首向前走着似的；于是飘飘然如御风而行的我们，看着那些自在的湾泊着的船，船里走马灯般的人物，便像是下界一般，迢迢的远了，又像在雾里看花，尽朦朦胧胧的。这时我们已过了利涉桥，望见东关头了。沿路听见断续的歌声：有从沿河的妓楼飘来的，有从河上船里度来的。我们明知那些歌声，只是些因袭的言词，从生涩的歌喉里机械地发出来的；但它们经了夏夜的微风的吹漾和水波的摇拂，袅娜着到我们耳边的时候，已经不单是她们的歌声，而混着微风和河水的密语了。于是我们不得不被牵惹着，震撼着，相与浮沉于这歌声里了。从东关头转湾，不久就到大中桥。大中桥共有三个桥拱，都很阔大，俨然是三座门儿；使我们觉得我们的船和船里的我们，在桥下过去时，真是太无颜色了。桥砖是深褐色，表明它的历史的长久；但都完好无缺，令人太息于古昔工程的坚美。桥上两旁都是木壁的房子，中间应该有街路？这些房子都破旧了，多年烟熏的迹，遮没了当年的美丽。我想象秦淮河的极盛时，在这样宏阔的桥上，特地盖了房子，必然是髹漆得富富丽丽的，晚间必然是灯火通明的。现在却只剩下一片黑沉沉！但是桥上造着房子，毕竟使我们多少可以想见往日的繁华，这也慰情聊胜无了。过了大中桥，便到了灯月交辉，笙歌彻夜的秦淮河，这才是秦淮河的真面目哩。

大中桥外，顿然空阔，和桥内两岸排着密密的人家的大异了。一眼望去，疏疏的林，淡淡的月，衬着蓝蔚的天，颇像荒江野渡光景；那边呢，郁丛丛的，阴森森的，又似乎藏着无边的黑暗：令人几乎不信那是繁华的秦淮河了。但是河中眩晕着的灯光，纵横着的画舫，悠扬着的笛韵，夹着那吱吱的胡琴声，终于使我们认识绿如茵陈酒的秦淮水了。此地天裸露着的多些，故觉夜来的独迟些；从清清的水影里，我们感到的只是薄薄的夜——这正是秦淮河的夜。大中桥外，本来还有一座复成桥，是船夫口中的我们的游踪尽处，或也是秦淮河繁华的尽处了。我的脚曾踏过复成桥的脊，在十三四岁的时候。但是两次游秦淮河，却都不曾见着复成桥的面；明知总在前途的，却常觉得有些虚无缥缈似的。我想，不见倒也好。这时正是盛夏。我们下船后，借着新生的晚凉和河上的微风，暑气已渐渐消散；到了此地，豁然开朗，身子顿然轻了——习习的清风荏苒在面上，手上，衣上，这便又感到了一缕新凉了。南京的日光，大概没有杭州猛烈；西湖的夏夜老是热蓬蓬的，水像沸着一般，秦淮河的水却尽是这样冷冷地绿着。任你人影的憧憧，歌声的扰扰，总像隔着一层薄薄的绿纱面幕似的；它尽是这样静静地，冷冷地绿着。我们出了大中桥，走不上半里路，船夫便将船划到一旁，停了桨由它宕着。他以为那里正是繁华的极点，再过去就是荒凉了，所以让我们多多赏鉴一会儿。他自己却静静的蹲着。他是看惯这光景的了，大约只是一个无可无不可。这无可无不可，无论是升的沉的，总之，都比我们高了。

那时河里闹热极了，船大半泊着，小半在水上穿梭似的来往。停泊着的都在近市的那一边，我们的船自然也夹在其中。因为这边略略的挤，便觉得那边十分的疏了。在每一只船从那边过去时，我们能画出它的轻轻的影和曲曲的波，在我们的心上；这显着是空，且显着是静了。那时处处都是歌声和凄厉的胡琴声，圆润的喉咙，确乎是很少的。但那生涩的，尖脆的调子能使人有少年的，粗率不拘的感觉，也正可快我们的意。况且多少隔开些儿听着，因为想象与渴慕的做美，总觉更有滋味；而竞发的喧嚣，抑扬的不齐，远近的杂沓，和乐器的嘈嘈切切，合成另一意味的谐音，也使我们无所适从，如随着大风而走。这实在因为我们的心枯涩久了，变为脆弱；故偶然润泽一下，便疯狂似的不能自主了。但秦淮河确也腻人。即如船里的人面，无论是和我们一堆儿泊着的，无论是从我们眼前过去的，总是模模糊糊的，甚至渺渺茫茫的；任你张圆了眼睛，揩净了眦垢，也是枉然。这真够人想呢。在我们停泊的地方，灯光原是纷然的，不过这些灯光都是黄而有晕的。黄已经不能明了，再加上了晕，便更不成了。灯愈多，晕就愈甚；在繁星般的黄的交错里，秦淮河仿佛笼上了一团光雾。光芒与雾气腾腾的晕着，什么都只剩了轮廓了；所以人面的详细的曲线，便消失于我们的眼底了。但灯光究竟夺不了那边的月色，灯光是浑的，月色是清的，在浑沌的灯光里，渗入了一派清辉，却真是奇迹！那晚月儿已瘦削了两三分。她晚妆才罢，盈盈地上了柳梢头。天是蓝得可爱，仿佛一汪水似的；月儿便更出落得精神了。岸上原有三株两株的垂杨树，淡淡的影子，在水里摇曳着。它们那柔细的枝条浴着月光，就像一支支美人的臂膊，交互地缠着，挽着；又像是月儿披着的发。而月儿偶然也从它们的交叉处偷偷窥看我们，大有小姑娘怕羞的样子。岸上另有几株不知名的老树，光光地立着；在月光里照起来。却又俨然是精神矍铄的老人。远处——快到天际线了，才有一两片白云，亮得现出异彩，像美丽的贝壳一般。白云下便是黑黑的一带轮廓，是一条随意画的不规则的曲线。这一段光景，和河中的风味大异了。但灯与月竟能并存着，交融着，使月成了缠绵的月，灯射着渺渺的灵辉；这正是天之所以厚秦淮河，也正是天之所以厚我们了。

　　这时却遇着了难解的纠纷。秦淮河上原有一种歌妓；是以歌为业的。从前都在茶舫上，唱些大曲之类。每日午后一时起，什么时候止，却忘记了。晚上照样也有一回，也在黄晕的灯光里。我从前过南京时，曾随着朋友去听过两次。因为茶舫里的人脸太多了，觉得不大适意，终于听不出所以然。前年听说歌妓被取缔了，不知怎的，颇涉想了几次——却想不出什么。这次到南京，先到茶舫上去看看，觉得颇是寂寥，令我无端地怅怅了。不料她们却仍在秦淮河里挣扎着，不料她们竟会纠缠到我们，我于是很张皇了。她们也乘着"七板子"，她们总是坐在舱前的。舱前点着石油汽灯，光亮眩人眼目：坐在下面的，自然是纤毫毕见了——引诱客人们的力量，也便在此了。舱里躲着乐工等人，映着汽灯的余辉蠕动着，他们是永远不被注意的。每船的歌妓大约都是二人，天色一黑，她们的船就在大中桥外往来不息地兜生意。无论行着的船，泊着的船，都要来兜揽的。这都是我后来推想出来的。那晚不知怎样，忽然轮着我们的船了。我们的船好好地停着，一只歌舫划向我们来的；渐渐和我们的船并着了。铄铄的灯光逼得我们皱起了眉头，我们的风尘色全给它托出来了，这使我踟蹰不安了。那时一个伙计跨过船来，拿着摊开的歌折，就近塞向我的手里，说，"点几出吧"！他跨过来的时候，我们船上似乎有许多眼光跟着。同时相近的别的船上也似乎有许多眼睛炯炯地向我们船上看着。我真窘了！我也装出大方的样子，向歌妓们瞥了一眼，但究竟是不成的！我勉强将那歌折翻了一翻，却不曾看清了几个字；便赶紧递还那伙计，一面不好意思地说："不要，我们……不要。"他便塞给平伯。平伯掉转头去，摇手说："不要！"那人还腻着不走。平伯又回过脸来，摇着头道："不要！"于是那人重到我处。我窘着再拒绝了他。他这才有所不屑似的走了。我的心立刻放下，如释了重负一般。我们就开始自白了。

我说我受了道德律的压迫，拒绝了她们，心里似乎很抱歉的。这所谓抱歉，一面对于她们，一面对于我自己。她们于我们虽然没有很奢的希望，但总有些希望的。我们拒绝了她们，无论理由如何充足，却使她们的希望受了伤，这总有几分不做美了。这使我觉得很怅怅的。至于我自己，更有一种不足之感。我这时被四面的歌声诱惑了，降服了；但是远远的，远远的歌声总仿佛隔着重衣搔痒似的，越搔越搔不着痒处。我于是憧憬着贴耳的妙音了。在歌舫划来时，我的憧憬，变为盼望；我固执地盼望着，有如饥渴。虽然从浅薄的经验里，也能够推知，那贴耳的歌声，将剥去了一切的美妙；但一个平常的人像我的，谁愿凭了理性之力去丑化未来呢？我宁愿自己骗着了。不过我的社会感性是很敏锐的，我的思力能拆穿道德律的西洋镜，而我的感情却终于被它压服着，我于是有所顾忌了，尤其是在众目昭彰的时候。道德律的力，本来是民众赋予的；在民众的面前，自然更显出它的威严了。我这时一面盼望，一面却感到了两重的禁制：一，在通俗的意义上，接近妓者总算一种不正当的行为；二，妓是一种不健全的职业，我们对于她们，应有哀矜勿喜之心，不应赏玩地去听她们的歌。

在众目睽睽之下，这两种思想在我心里最为旺盛。她们暂时压倒了我的听歌的盼望，这便成就了我的灰色的拒绝。那时的心实在异常状态中，觉得颇是昏乱。歌舫去了，暂时宁静之后，我的思绪又如潮涌了。两个相反的意思在我心头往复：卖歌和卖淫不同，听歌和狎妓不同，又干道德甚事？——但是，但是，她们既被逼的以歌为业，她们的歌必无艺术味的；况她们的身世，我们究竟该同情的。所以拒绝倒也是正办。但这些意思终于不曾撇开我的听歌的盼望。它力量异常坚强，它总想将别的思绪踏在脚下。从这重重的争斗里，我感到了浓厚的不足之感。这不足之感使我的心盘旋不安，起坐都不安宁了。唉！我承认我是一个自私的人！平伯呢，却与我不同。他引周启明先生的诗："因为我有妻子，所以我爱一切的女人，因为我有子女，所以我爱一切的孩子。"（原诗是，"我为了自己的儿女才爱小孩子，为了自己的妻才爱女人"，见《雪朝》）他的意思可以见了。他因为推及的同情，爱着那些歌妓，并且尊重着她们，所以拒绝了她们。在这种情形下，他自然以为听歌是对于她们的一种侮辱。但他也是想听歌的，虽然不和我一样，所以在他的心中，当然也有一番小小的争斗；争斗的结果，是同情胜了。至于道德律，在他是没有什么的；因为他很有蔑视一切的倾向，民众的力量在他是不大觉着的。这时他的心意的活动比较简单，又比较松弱，故事后还怡然自若，我却不能了。这里平伯又比我高了。

在我们谈话中间，又来了两只歌舫。伙计照前一样地请我们点戏，我们照前一样地拒绝了。我受了三次窘，心里的不安更甚了。清艳的夜景也为之减色。船夫大约因为要赶第二趟生意，催着我们回去，我们无可无不可地答应了。我们渐渐和那些晕黄的灯光远了，只有些月色冷清清地随着我们的归舟。我们的船竟没个伴儿，秦淮河的夜正长哩！到大中桥近处，才遇着一只来船。这是一只载妓的板船，黑漆漆的没有一点光。船头上坐着一个妓女，暗里看出，白地小花的衫子，黑的下衣。她手里拉着胡琴，口里唱着青衫的调子。她唱得响亮而圆转，当她的船箭一般驶过去时，余音还袅袅地在我们耳际，使我们倾听而向往。想不到在弩末的游踪里，还能领略到这样的清歌！这时船过大中桥了，森森的水影，如黑暗张着巨口，要将我们的船吞了下去，我们回顾那渺渺的黄光，不胜依恋之情，我们感到了寂寞了！这一段地方夜色甚浓，又有两头的灯火招邀着；桥外的灯火不用说了，过了桥另有东关头疏疏的灯火。我们忽然仰头看见依人的素月，不觉深悔归来之早了！走过东关头，有一两只大船湾泊着，又有几只船向我们来着。嚣嚣的一阵歌声人语，仿佛笑我们无伴的孤舟哩。东关头转湾，河上的夜色更浓了；临水的妓楼上，时时从帘缝里射出一线一线的灯光，仿佛黑暗从酣睡里眨了一眨眼。我们默然地对着，静听那汩——汩的桨声，几乎要入睡了，朦胧里却温寻着适才的繁华的余味。我那不安的心在静里愈显活跃了！这时我们都有了不足之感，而我的更其浓厚。我们却只不愿回去，于是只能由懊悔而怅惘了。船里便满载着怅惘了。直到利涉桥下，微微嘈杂的人声，才使我豁然一惊，那光景却又不同。右岸的河房里，都大开了窗户，里面亮着晃晃的电灯，电灯的光射到水上，蜿蜒曲折，闪闪不息，正如跳舞着的仙女的臂膊。我们的船已在她的臂膊里了；如睡在摇篮里一样，倦了的我们便又入梦了。那电灯下的人物，只觉像蚂蚁一般，更不去萦念。这是最后的梦，可惜是最短的梦！黑暗重复落在我们面前，我们看见傍岸的空船上一星两星的，枯燥无力又摇摇不定的灯光。我们的梦醒了，我们知道就要上岸了，我们心里充满了幻灭的情思。

1923 年 10 月 11 日作完，于温州。

忆卢沟桥

/许地山

    记得离北平以前，最后到卢沟桥，是在二十二年的春天。我与同事刘兆蕙先生在一个清早由广安门顺着大道步行，经过大井村，已是十点多钟。参拜了义井庵的千手观音，就在大悲阁外少憩。那菩萨像有三丈多高，是金铜铸成的，体相还好，不过屋宇倾颓，香烟零落，也许是因为求愿的人们发生了求财赔本求子丧妻的事情吧。这次的出游本是为访求另一尊铜佛而来的。我听见从宛平城来的人告诉我那城附近有所古庙场了，其中许多金铜佛像，年代都是很古的。为知识上的兴趣，不得不去采访一下。大井村的千手观音是有著录的，所以也顺便去看看。

    出大井村，在官道上，巍然立着一座牌坊，是乾隆四十年建的。坊东面额书"经环同轨"，西面是"荡平归极"。建坊的原意不得而知，将来能够用来做凯旋门那就最合宜不过了。

春天的燕郊，若没有大风，就很可以使人流连。树干上或土墙边蜗牛在画着银色的涎路。它们慢慢移动，像不知道它们的小介壳以外还有什么宇宙似的。柳塘边的雏鸭披着淡黄色的毵毛，映着嫩绿的新叶；游泳时，微波随蹼翻起，泛成一弯一弯动着的曲纹，这都是生趣的示现。走乏了，且在路边的墓园少住一回。刘先生站在一座很美丽的窣堵坡上，要我给他拍照。在榆树荫覆之下，我们没感到路上太阳的酷烈。寂静的墓园里，虽没有什么名花，野卉倒也长得顶得意地。忙碌的蜜蜂，两只小腿沾着些少花粉，还在采集着。蚂蚁为争一条烂残的蚱蜢腿，在枯藤的根本上争斗着。落网的小蝶，一片翅膀已失掉效用，还在挣扎着。这也是生趣的示现，不过意味有点不同罢了。

闲谈着，已见日丽中天，前面宛平城也在域之内了。宛平城在卢沟桥北，建于明崇祯十年，名叫"拱北城"，周围不及二里，只有两个城门，北门是顺治门，南门是永昌门。清改拱北为拱极，永昌门为威严门。南门外便是卢沟桥。拱北城本来不是县城，前几年因为北平改市，县衙才移到那里去，所以规模极其简陋。从前它是个卫城，有武官常驻镇守着，一直到现在，还是一个很重要的军事地点。我们随着骆驼队进了顺治门，在前面不远，便见了永昌门。大街一条，两边多是荒地。我们到预定的地点去探访，果见一个庞大的铜佛头和些铜像残体横陈在县立学校里的地上。拱北城内原有观音庵与兴隆寺，兴隆寺内还有许多已无可考的广慈寺的遗物，那些铜像究竟是属于哪寺的也无从知道。我们摩挲了一回，才到卢沟桥头的一家饭店午膳。

　　自从宛平县署移到拱北城，卢沟桥便成为县城的繁要街市。桥北的商店民居很多，还保存着从前中原数省入京孔道的规模。桥上的碑亭虽然朽坏，还矗矗立着。自从历年的内战，卢沟桥更成为戎马往来的要冲，加上长辛店战役的印象，使附近的居民都知道近代战争的大概情形，连小孩也知道飞机、大炮、机关枪都是做什么用的。到处墙上虽然有标语贴着的痕迹，而在色与量上可不能与卖药的广告相比。推开窗户，看着永定河的浊水穿过疏林，向东南流去，想起陈高的诗："卢沟桥西车马多，山头白日照清波。毡卢亦有江南妇，愁听金人出塞歌。"清波不见，浑水成潮，是记述与事实的相差，抑昔日与今时的不同，就不得而知了。但想像当日桥下雅集亭的风景，以及金人所掠江南妇女，经过此地的情形，感慨便不能不触发了。

　　从卢沟桥上经过的可悲可恨可歌可泣的事迹，岂止被金人所掠的江南妇女那一件？可惜桥栏上蹲着的石狮子个个只会张牙裂眦结舌无言，以致许多可以稍留印迹的史实，若不随蹄尘飞散，也教轮辐压碎了。我又想着天下最有功德的是桥梁。它把天然的阻隔连络起来，它从这岸渡引人们到那岸。在桥上走过的是好是歹，于它本来无关，何况在上面走的不过是长途中的一小段，它哪能知道何者是可悲可恨可泣呢？它不必记历史，反而是历史记着它。卢沟桥本名广利桥，是金大定二十七年始建，至明昌二年（公元 1189—1192）修成的。它拥有世界的声名是因为曾入马哥博罗的记述。马哥博罗记作"普利桑干"，而欧洲人都称它做"马哥博罗桥"，倒失掉记者赞叹桑干河上一道大桥的原意了。中国人是擅于修造石桥的，在建筑上只有桥与塔可以保留得较为长久。中国的大石桥每能使人叹为鬼役神工，卢沟桥的伟大与那有名的泉州洛阳桥和漳州虎渡桥有点不同。论工程，它没有这两道桥的宏伟，然而在史迹上，它是多次系着民族安危。纵使你把桥拆掉，卢沟桥的神影是永不会被中国人忘记的。这个在"七七"事件发生以后，更使人觉得是如此。当时我只想着日军许会从古北口入北平，由北平越过这道名桥侵入中原，绝想不到火头就会在我那时所站的地方发出来。

在饭店里，随便吃些烧饼，就出来，在桥上张望。铁路桥在远处平行地架着。驮煤的骆驼队随着铃铛的音节整齐地在桥上迈步。小商人与农民在雕栏下作交易上很有礼貌的计较。妇女们在桥下浣衣，乐融融地交谈。人们虽不理会国势的严重，可是从军队里宣传员口里也知道强敌已在门口。我们本不为做间谍去的，因为在桥上向路人多问了些话，便教警官注意起来，我们也自好笑。我是为当事官吏的注意而高兴，觉得他们时刻在提防着，警备着。过了桥，便望见实柘山，苍翠的山色，指示着日斜多了几度，在砾原上流连片时，暂觉晚风拂衣，若不回转，就得住店了。"卢沟晓月"是有名的。为领略这美景，到店里住一宿，本来也值得，不过我对于晓风残月一类的景物素来不大喜爱，我爱月在黑夜里所显的光明。晓月只有垂死的光，想来是很凄凉的，还是回家吧。

我们不从原路去，就在拱北城外分道。刘先生沿着旧河床，向北回海甸去。我捡了几块石头，向着八里庄那条路走。进到阜城门，望见北海的白塔已经成为一个剪影贴在洒银的暗蓝纸上。

烟霞余影

/石评梅

一　龙潭之滨

细雨蒙蒙里，骑着驴儿踏上了龙潭道。

雨珠也解人意，只像沙霰一般落着，湿了的是崎岖不平的青石山路。半山岭的桃花正开着，一堆一堆远望去像青空中叠浮的桃色云；又像一个翠玉的篮儿里，满盛着红白的花。烟雾迷漫中，似一幅粉纱，轻轻地笼罩了青翠的山峰和卧崖。

谁都是悄悄地，只听见得得的蹄声。回头看芸，我不禁笑了，她垂鞭踏镫，昂首挺胸的像个马上的英雄；虽然这是一幅美丽柔媚的图画，不是黄沙无垠的战场。

天边絮云一块块叠重着，雨丝被风吹着像细柳飘拂。远山翠碧如黛。如削的山峰里，涌出的乳泉，汇成我驴蹄下一池清水。我骑在驴背上，望着这如画的河山，似醉似痴，轻轻颤动我心弦的凄音；往事如梦，不禁对着这高山流水深深地叹了一口气！

惭愧我既不会画，又不能诗，只任着秀丽的山水由我眼底逝去，像一只口衔落花的燕子，飞掠进深林。

这边是悬崖，那边是深涧，狭道上满是崎岖的青石，明滑如镜，苍苔盈寸，因之驴蹄踏上去一步一滑！远远望去似乎人在峭壁上高悬着。危险极了，我劝芸下来，驴交给驴夫牵着，我俩携着手一跳一审地走着。四围望不见什么，只有笔锋般的山峰像屏风一样环峙着：涧底淙淙流水碎玉般声音，好听似月下深林，晚风吹送来的环珮声。

跨过了几个山峰，渡过了几池流水，远远地就听见有一种声音，不是檐前金铃玉铎那样清悠意远，不是短笛洞箫那样凄哀情深，差堪比拟像云深处回绕的春雷，似近又远，似远又近的在这山峰间蕴蓄着。芸和我正走在一块悬岩上，她紧握住我的手说：

"蒲，这是什么声音？"

我莫回答她，抬头望见几块高岩上，已站满了人，疏疏洒洒像天上的小星般密布着。苹在高处招手叫我，她说："快来看龙潭！"在众人欢呼声中，我踟蹰不能向前，我已想着那里是一个令我意伤的境地，无论它是雄壮还是柔美。

一步一步慢腾腾地走到苹站着的那块岩石上，那春雷般的声音更响亮了。我俯首一望，身上很迅速地感到一种清冷，这清冷，由皮肤直浸入我的心，包裹了我整个的灵魂。

这便是龙潭，两个青碧的岩石中间，汹涌着一朵一片的絮云，它是比银还晶洁，比雪还皎白；一朵一朵地由这个山层飞下那个山层，一片一片由这个深涧飘到那个深涧。它像山灵的白袍，它像水神的银须；我意想它是翠屏上的一幅水珠帘，我意想它是裁剪下的一匹白绫。但是它都不能比拟，它似乎是一条银白色的蛟龙在深涧底回旋，它回旋中有无数的仙云拥护，有无数的天乐齐鸣！

我痴立在岩石上不动，看它瞬息万变，听它钟鼓并鸣。一朵白云飞来了，只在青石上一溅，莫有了！一片雪絮飘来了，只在青石上一掠，不见了！我站在最下的一层，抬起头可以看见上三层飞涛的壮观。到了这最后一层遂汇聚成一池碧澄的潭水，是一池清可见底，光能鉴人的泉水。

在这种情形下，我不知心头感到的是欣慰，还是凄酸？我轻渺像晴空中一缕烟线，不知是飘浮在天上还是人间？空洞洞的不知我自己是谁？谁是我自己？同来的游伴我也觉着她们都生了翅儿在云天上翱翔，那淡紫浅粉的羽衣，点缀在这般湖山画里，真不辨是神是仙了。

我的眼不能再看什么了，只见白云一片一片由深涧中乱飞！我的耳不能再听什么了，只听春雷轰轰在山坳里回旋！世界什么都莫有，连我都莫有，只有涛声絮云，只有潭水涧松。

芸和苹都跑在山上去照相。掉在水里的人的嘻笑声，才将我神驰的灵魂唤回来。我自己环视了一周山峰，俯视了一遍深潭，我低低喊着母亲，向着西方的彩云默祷！我觉着二十余年的尘梦，如今也应该一醒；近来悲惨的境遇，凄伤的身世，也应该找个结束。萍踪浪迹十余年漂泊天涯，难道人间莫有一块高峰，一池清溪，作我埋骨之地。如今这絮云堆中，只要我一动足，就可脱解了这人间的樊篱羁系，从此逍遥飘渺和晚风追逐。

我向着她们望了望，我的足已走到岩石的齿缘上，再有一步我就可离此尘世，在这洁白的潭水中，湔浣一下这颗尘沙蒙蔽的小心，忽然后边似乎有人牵着我的衣襟，回头一看芸紧皱着眉峰瞪视着我。

"走吧，到山后去玩玩。"她说着牵了我就转过一个山峰，她和我并坐在一块石头上。我现在才略略清醒，慢慢由遥远的地方把自己找回来，想到刚才的事又喜又怨，热泪不禁夺眶滴在襟上。我永不能忘记，那山峰下的一块岩石，那块岩石上我曾惊悟了二十余年的幻梦，像水云那样无凭呵！

可惜我不是独游，可惜又不是月夜，假如是月夜，是一个眉月伴疏星的月夜，来到这里，一定是不能想不能写的境地。白云絮飞的瀑布，在月下看着一定更美到不能言，钟鼓齐鸣的涛声，在月下。听着一定要美到不敢听。这时候我一定能向深潭明月里，找我自己的幻影去；谁也不知道，谁也想不到，那时芸或者也无力再阻挠我的清兴！

雨已停了，阳光揭起云幕悄悄在窥人；偶然间来到山野的我们，终于要归去。我不忍再看龙潭，遂同芸、苹走下山来，走远了，那春雷般似近似远的声音依然回绕在耳畔。

二 翠峦清潭畔的石床

黄昏时候汽车停到万寿山，揆已雇好驴在那里等着。

梅隐许久不骑驴了，很迅速地跨上鞍去，一扬鞭驴子的四蹄已飞跑起来，几几乎把她翻下来，我的驴腿上有点伤不能跑，连走快都不能，幸而好是游山不是赶路，走快走慢莫关系。

这条路的景致非常好，在平坦的马路上，两旁的垂柳常系拂着我的鬓角，迎面吹着五月的和风，夹着野花的清香。翠绿的远山望去像几个青螺，淙淙的水音在桥下流过，似琴弦在月下弹出的凄音，碧清的池塘，水底平铺着翠色的水藻，波上被风吹起一弧一弧的皱纹，里边游影着玉泉山的塔影；最好看是垂杨荫里，黄墙碧瓦的官房，点缀着这一条芳草萋萋的古道。

经过颐和园围墙时，静悄悄除了风涛声外，便是那啼尽兴亡恨事的暮鸦，在苍松古柏的枝头悲啼着。

他们的驴儿都走得很快，转过了粉墙，看见梅隐和揆并骑赛跑；一转弯掩映在一带松林里，连铃声衣影都听不见看不见了。我在后边慢慢让驴儿一拐一拐地走着，我想这电光石火的一刹那能在尘沙飞落之间，错错落落遗留下这几点蹄痕，已是烟水因缘，又那可让他迅速地轻易度过，而不仔细咀嚼呢！人间的驻停，只是一凝眸，无论如何繁缛绮丽的事境，只是昙花片刻，一卷一卷地像他们转入松林一样渺茫，一样虚无。

在一片松林里，我看见两头驴儿在地上吃草，驴夫靠在一棵树上蹲着吸潮烟，梅隐和揆坐在草地上吃葡萄干；见我来了他们跑过来替我笼住驴，让我下来。这是一个墓地，中间芳草离离，放着一个大石桌几个小石凳，被风雨腐蚀已经是久历风尘的样子。坟头共有三个，青草长了有一尺多高；四围遍植松柏，前边有一个石碑牌坊，字迹已模糊不辨，不知是否奖励节孝的？如今我见了坟墓，常起一种非喜非哀的感觉；愈见的坟墓多，我烦滞的心境愈开旷；虽然我和他们无一面之缘，但我远远望见这黑色的最后一幕时，我总默默替死者祝福！

梅隐见我立在这不相识的墓头发呆，她轻轻拍着我肩说："回来！"揆立在我面前微笑了。那时驴夫已将驴鞍理好，我回头望了望这不相识的墓，骑上驴走了。他们大概也疲倦了，不是他们疲倦是驴们疲倦了，因之我这拐驴有和他们并驾齐驰的机会。这时暮色已很苍茫，四面迷蒙的山岚，不知前有多少路，后有多少路；那烟雾中轻笼的不知是山峰还是树林？凉风吹去我积年的沙尘，尤其是吹去我近来的愁恨，使我投入这大自然的母怀中沉醉。

惟自然可美化一切，可净化一切，这时驴背上的我，心里充满了静妙神微的颤动；一鞭斜阳，得得蹄声中，我是个无忧无虑的骄儿。

大概是七点多钟，我们的驴儿停在卧佛寺门前，两行古柏萧森一道石坡敧斜，庄严黄红色的穿门，恰恰笼罩在那素锦千林，红霞一幕之中。我踱过一道蜂腰桥，底下有碧绿的水，潜游着龙眼红色，像燕掠般在水藻间穿插。过了一个小门，望见一大块岩石，狰狞像一个卧着的狮子，岩石旁有一个小亭，小亭四周，遍环着白杨，暮云里蝉声风声噪成一片。

走过几个院落，依稀还经过一个方形的水池，就到了我们住的地方，我们住的地方是龙王堂。龙王堂前边是一眼望不透的森林，森林中漏着一个小圆洞，白天射着太阳，晚上照着月亮；后边是山，是不能测量的高山，那山上可以望见景山和北京城。

刚洗完脸，辛院的诸友都来看我，带来的糖果，便成了招待他们的茶点；在这里逢到，特别感着朴实的滋味，似乎我们都有几分乡村真诚的遗风。吃完饭，我回来时，许多人伏在石栏上拿面包喂鱼，这个鱼池比门前那个澄清，鱼儿也长得美丽。看了一回鱼，我们许多人出了卧佛寺，由小路抄到寺后上山去，揆叫了一个卖汽水点心的跟着，想寻着一个风景好的地方时，在月亮底下开野餐会。

这时候暝色苍茫，远树浓荫郁蓊，夜风萧萧瑟瑟，梅隐和揆走着大路，我和云便在乱岩上跳蹿，苔深石滑，跌了不晓得有多少次。经过一个水涧，他们许多人悬崖上走，我和云便走下了涧底，水不深，而碧清可爱，淙淙的水声，在深涧中听着依稀似嫠妇夜啼。几次回首望月，她依然模糊，被轻云遮着；但微微的清光由云缝中泻漏，并不如星夜那么漆黑不辨。前边有一块圆石，晶莹如玉，石下又汇集着一池清水。我喜欢极了，刚想爬上去，不料一不小心，跌在水里把鞋袜都湿了！他们在崖上，拍着手笑起来，我的脸大概是红了，幸而在夜间他们不曾看见，云由岩石上踏过来才将我拖出水池。

抬头望悬崖峭壁之上，郁郁阴森的树林里掩映着几点灯光，夜神翅下的景致，愈觉得神妙深邃，冷静凄淡；这时候无论什么事我都能放得下超得过，将我的心轻轻地捧献给这黑衣的夜神。我们的足步声笑语声，惊得眠在枝上的宿鸟也做不成好梦，抖战着在黑暗中乱飞，似乎静夜旷野爆发了地雷，震得山中林木，如喊杀一般的纷乱和颤噤！前边大概是村庄人家吧，隐隐有犬吠的声音，由那片深林中传出。

爬到山巅时，凉风习习，将衣角和短发都吹起来。我立在一块石床上，抬头望青苍削岩，乳泉一滴滴，由山缝岩隙中流下去，俯视飞瀑流湍，听着像一个系着小铃的白兔儿，在涧底奔跑一般，清冷冷忽远忽近那样好听。我望望云幕中的月儿，依然露着半面窥探，不肯把团圆赐给人间这般痴望的人们。这时候，揆来请我去吃点心，我们的聚餐会遂在那个峰上开了。这个会开得并不快活，各人都懒松松不能十分作兴，月儿呢模模糊糊似乎用泪眼望着我们。梅隐躺在草上唱着很凄凉的歌，真令人愁肠百结；揆将头伏在膝上，不知他是听他姐姐唱歌，还是膜首顶礼和默祷？这样夜里，不知什么紧压着我们的心，不能像往日那样狂放浪吟，解怀痛饮？

陪着他们坐了有几分钟，我悄悄地逃席了。一个人坐在那边石床上，听水涧底的声音，对面阴浓萧森的树林里，隐隐现出房顶；冷静静像死一般笼罩了宇宙。不幸在这非人间的，深碧而夐渺的清潭，映出我迷离恍惚的尘影；我卧在石床上，仰首望着模糊泪痕的月儿，静听着清脆激越的水声，和远处梅隐凄凉入云的歌声，这时候我心头涌来的凄酸，真愿在这般月夜深山里尽兴痛哭；只恨我连这都不能，依然和在人间一样要压着泪倒流回去。篷勃的悲痛，还让它埋葬在心坎中去辗转低吟！而这颗心恰和林梢月色，一样的迷离惨淡，悲情荡漾！

云轻轻走到我身旁，凄然地望着我！我遂起来和云跨过这个山峰，忽然眼前发现了一块绿油油的草地。我们遂拣了一块斜坡，坐在上边。面前有一棵松树，月儿正在树影中映出，下边深涧万丈，水流的声音已听不见；只有草虫和风声，更现的静寂中的振荡是这般阴森可怕！我们坐在这里，想不出什么话配在这里谈，而随便的话更不愿在这里谈。这真是最神秘的夜呵！我的心更较清冷，经这度潭水涛声洗涤之后。

夜深了，远处已隐隐听见鸡鸣，露冷夜寒，穿着单衣已有点战栗，我怕云冻病，正想离开这里；揆和梅隐来寻我们，他们说在远处望见你们，像坟前的两个石像。

这夜里我和梅隐睡在龙王堂，而我的梦魂依然留在那翠峦清潭的石床上。

北戴河海滨的幻想

/徐志摩

　　他们都到海边去了。我为左眼发炎不曾去。我独坐在前廊，偎坐在一张安适的大椅内，袒着胸怀，赤着脚，一头的散发，不时有风来撩拂。清晨的晴爽，不曾消醒我初起时睡态，但梦思却半被晓风吹断。我阖紧眼帘内视，只见一斑斑消残的颜色，一似晚霞的余赭，留恋地胶附在天边。廊前的马樱、紫荆、藤萝、青翠的叶与鲜红的花，都将他们的妙影映印在水汀上，幻出幽媚的情态无数；我的臂上与胸前，亦满缀了绿荫的斜纹。从树荫的间隙平望，正见海湾：海波亦似被晨曦唤醒，黄蓝相间的波光，在欣然地舞蹈。滩边不时见白涛涌起，迸射着雪样的水花。浴线内点点的小舟与浴客，水禽似的浮着；幼童的欢叫，与水波拍岸声，与潜涛呜咽声，相间的起伏，竞报一滩的生趣与乐意。但我独坐的廊前，却只是静静的，静静的无甚声响。妩媚的马樱，只是幽幽地微辗着，蝇虫也敛翅不飞。只有远近树里的秋蝉，在纺纱似的垂引他们不尽的长吟。

在这不尽的长吟中，我独坐在冥想。难得是寂寞的环境，难得是静定的意境；寂寞中有不可言传的和谐，静默中有无限的创造。我的心灵，比如海滨，生平初度的怒潮，已经渐次的消翳，只剩有疏松的海砂中偶尔的回响，更有残缺的贝壳，反映星月的辉芒。此时摸索潮余的斑痕，追想当时汹涌的情景，是梦或是真，再亦不须辨问，只此眉梢的轻皱，唇边的微哂，已足解释无穷奥绪，深深地蕴伏在灵魂的微纤之中。

青年永远趋向反叛，爱好冒险；永远如初度航海者，幻想黄金机缘于浩渺的烟波之外：想割断系岸的缆绳，扯起风帆，欣欣地投入无垠的怀抱。他厌恶的是平安，自喜的是放纵与豪迈。无颜色的生涯，是他目中的荆棘；绝海与凶献，是他爱取自由的途径。他爱折玫瑰：为她的色香，亦为她冷酷的刺毒。他爱搏狂澜：为他的庄严与伟大，亦为他吞噬一切的天才，最是激发他探险与好奇的动机。他崇拜冲动：不可测，不可节，不可预逆，起，动，消歇皆在无形中，狂飚似的倏忽与猛烈与神秘。他崇拜斗争：从斗争中求剧烈的生命之意义，从斗争中求绝对的实在，在血染的战阵中，呼嗷胜利之狂欢或歌败丧的哀曲。

幻象消灭是人生里命定的悲剧，青年的幻灭，更是悲剧中的悲剧，夜一般的沉黑，死一般的凶恶。纯粹的，猖狂的热情之火，不同阿拉伯的神灯，只能放射一时的异彩，不能永久地朗照；转瞬间，或许，便已敛熄了最后的焰舌，只留存有限的余烬与残灰，在未灭的余温里自伤与自慰。

流水之光，星之光，露珠之光，电之光，在青年的妙目中闪耀，我们不能不惊讶造化者艺术之神奇，然可怖的黑影，倦与衰与饱餍的黑影，同时亦紧紧地跟着时日进行，仿佛是烦恼、痛苦、失败，或庸俗的尾曳，亦在转瞬间，彗星似的扫灭了我们最自傲的神辉——流水涸，明星没，露珠散灭，电闪不再！

在这艳丽的日辉中，只见愉悦与欢舞与生趣，希望，闪烁的希望，在荡漾，在无穷的碧空中，在绿叶的光泽里，在虫鸟的歌吟中，在青草的摇曳中——夏之荣华，春之成功。春光与希望，是长驻的；自然与人生，是调谐的。

在远处有福的山谷内，莲馨花在坡前微笑，稚羊在乱石间跳跃，牧童们，有的吹着芦笛，有的平卧在草地上，仰看交幻的浮游的白云，放射下的青影在初黄的稻田中缥缈地移过。在远处安乐的村中，有妙龄的村姑，在流涧边照映她自制的春裙；口衔烟斗的农夫三四，在预度秋收的丰盈，老妇人们坐在家门外阳光中取暖，她们的周围有不少的儿童，手擎着黄白的钱花在环舞与欢呼。

在远——远处的人间，有无限的平安与快乐，无限的春光……

在此暂时可以忘却无数的落蕊与残红，亦可以忘却花荫中掉下的枯叶，私语地预告三秋的情意；亦可以忘却苦恼的僵瘪的人间，阳光与雨露的殷勤，不能再恢复他们腮颊上生命的微笑，亦可以忘却纷争的互杀的人间，阳光与雨露的仁慈，不能感化他们凶恶的兽性；亦可以忘却庸俗的卑琐的人间，行云与朝露的丰姿，不能引逗他们刹那间的凝视；亦可以忘却自觉的失望的人间，绚烂的春时与媚草，只能反激他们悲伤的意绪。

我亦可以暂时忘却我自身的种种，忘却我童年期清风白水似的天真，忘却我少年期种种虚荣的希翼，忘却我渐次的生命的觉悟，忘却我热烈的理想的寻求，忘却我心灵中乐观与悲观的斗争，忘却我攀登文艺高峰的艰辛，忘却刹那的启示与彻悟之神奇，忘却我生命潮流之骤转，忘却我陷落在危险的旋涡中之幸与不幸，忘却我追忆不完全的梦境，忘却我大海底里埋着的秘密，忘却曾经刳割我灵魂的利刃，炮烙我灵魂的烈焰，摧毁我灵魂的狂飚与暴雨，忘却我的深刻的怨与艾，忘却我的冀与愿，忘却我的恩泽与惠感，忘却我的过去与现在……

过去的实在，渐渐地膨胀，渐渐地模糊，渐渐地不可辨认；现在的实在，渐渐地收缩，逼成了意识的一线，细极狭极的一线，又裂成了无数不相联续的黑点……黑点亦渐次的隐翳？幻术似的灭了，灭了，一个可怕的黑暗的空虚……

肆 人生的真义

不为匆匆而过的流年而感到惋惜。
我们当努力造就幸福，
在人生征途中，

五四断想

/闻一多

旧的悠悠死去，新的悠悠生出，不慌不忙，一个跟一个，——这是演化。

新的已经来到，旧的还不肯去，新的急了，把旧的挤掉，——这是革命。

挤是发展受到阻碍时必然的现象，而新的必然是发展的，能发展的必然是新的，所以青年永远是革命的，革命永远是青年的。

新的日日壮健着（量的增长），旧的日日衰老着（量的减耗），壮健的挤着衰老的，没有挤不掉的。所以革命永远是成功的。

革命成功了，新的变成旧的，又一批新的上来了。旧的停下来拦住去路，说："我是赶过路程来的，我的血汗不能白流，我该歇下来舒服舒服。"新的说："你的舒服就是我的痛苦，你耽误了我的路程。"又把他挤掉，……如此，武戏接二连三地演下去，于是革命似乎永远"尚未成功"。

让曾经新过来的旧的，不要只珍惜自己的过去，多多体念别人的将来，自己腰酸腿痛，拖不动了，就赶紧让。"功成身退"，不正是光荣吗？"后生可畏，焉知来者之不如今也！"这也是古训啊！

其实青年并非永远是革命的，"青年永远是革命的"这定理，只在"老年永远是不肯让路的"这前提下才能成立。

革命也不能永远"尚未成功"。几时旧的知趣了，到时就功成身退，不致阻碍了新的发展，革命便成功了。

旧的悠悠退去，新的悠悠上来，一个跟一个，不慌不忙，那天历史走上了演化的常轨，就不再需要变态的革命了。

但目前，我们还要用"挤"来争取"悠悠"，用革命来争取演化。"悠悠"是目的，"挤"是达到目的的手段。

于是又想到变与乱的问题。变是悠悠的演化，乱是挤来挤去的革命。若要不乱挤，就只得悠悠的变。若是该变而不变，那只有挤得你变了。

子在川上曰："逝者如斯夫，不舍昼夜！"古训也发挥了变的原理。

（原载 1945 年 5 月西南联大《悠悠体育会周年五四纪念特刊》）

匆　匆
/朱自清

　　燕子去了，有再来的时候；杨柳枯了，有再青的时候；桃花谢了，有再开的时候。但是，聪明的，你告诉我，我们的日子为什么一去不复返呢？——是有人偷了他们罢：那是谁？又藏在何处呢？是他们自己逃走了罢——现在又到了哪里呢？

　　我不知道他们给了我多少日子，但我的手确乎是渐渐空虚了。在默默里算着，八千多日子已经从我手中溜去，像针尖上一滴水滴在大海里，我的日子滴在时间的流里，没有声音，也没有影子。我不禁头涔涔而泪潸潸了。

　　去的尽管去了，来的尽管来着；去来的中间，又怎样地匆匆呢？早上我起来的时候，小屋里射进两三方斜斜的太阳。太

阳他有脚啊，轻轻悄悄地挪移了，我也茫茫然跟着旋转。于是
——洗手的时候，日子从水盆里过去；吃饭的时候，日子从饭
碗里过去；默默时，便从凝然的双眼前过去。我觉察他去的匆
匆了，伸出手遮挽时，他又从遮挽着的手边过去，天黑时，我
躺在床上，他便伶伶俐俐地从我身上跨过，从我脚边飞去了。
等我睁开眼和太阳再见，这算又溜走了一日。我掩着面叹息。
但是新来的日子的影儿又开始在叹息里闪过了。

在逃去如飞的日子里，在千门万户的世界里的我能做些什
么呢？只有徘徊罢了，只有匆匆罢了；在八千多日的匆匆里，
除徘徊外，又剩些什么呢？过去的日子如轻烟，被微风吹散了，
如薄雾，被初阳蒸融了；我留着些什么痕迹呢？我何曾留着像
游丝样的痕迹呢？我赤裸裸来到这世界，转眼间也将赤裸裸地
回去罢？但不能平的，为什么偏要白白走这一遭啊？

你聪明的，告诉我，我们的日子为什么一去不复返呢？

1922 年 3 月 28 日

一种云

/瞿秋白

    天总是皱着眉头,太阳光如果还射到地面上,那也总是稀微的淡薄的。至于月亮,那更不必说,他只是偶然露出半面,用他那惨淡的眼光看一看这罪孽的人间,这是寡妇孤儿的眼光,眼睛里含着总算还没有流干的眼泪。受过不只一次封禅大典的山岳,至少有大半截是上了天,只留一点山脚给人看。黄河,长江……据说是中国文明的母亲,也不知道怎么变了心,对于他们的亲骨肉,都摆出一副冷酷的面孔。从春天到夏天,从秋天到冬天,这样一年年地过去,淫虐的雨,凄厉的风和肃杀的霜雪更番地来去,一点儿光明也没有。这样的漫漫长夜,已经二十年了。这都是一种云在作祟。那云为什么屡次三番地摧残光明?那云是从什么地方来的?这是太平洋上的大风暴吹过来的，这是大西洋上的狂飚吹过来的。还有那模糊的血肉——榨床底下淌着的模糊的血肉蒸发出来的。那些会画符的人——会写借据，会写当票的人，就用这些符箓在呼召。那些吃田地的土蜘蛛，——虽然死了也不过只要六尺土地葬他的贵体，可是活着总要吃住这么一二百亩三四百亩的田地，——这些土蜘蛛就用屁股在吐着。那些肚里装着铁心肝钢肚肠的怪物，又竖起了一根根的烟囱在那里喷着。狂飚风暴吹来的，血肉蒸发的，符箓呼召来的，屁股吐出来的，烟囱喷出来的，都是这种云。这是战云。

难怪总是漫漫的长夜了！

什么时候才黎明呢？

看那刚刚发现的虹。祈祷是没有用的了。只有自己去做雷公公电闪娘娘。那虹发现的地方，已经有了小小的雷电，打开了层层的乌云，让太阳重新照到紫铜色的脸。如果是惊天动地的霹雳，那才拨得满天的愁云惨雾。这可只有自己做了雷公公电闪娘娘才办得到。要使小小的雷电变成惊天动地的霹雳！

1931 年 9 月 3 日《北斗》月刊

清 贫

/方志敏

　　我从事革命斗争，已经十余年了。在这长期的奋斗中，我一向是过着朴素的生活，从没有奢侈过。经手的款项，总在数百万元；但为革命而筹集的金钱，是一点一滴地用之于革命事业。这在国民党的大人物身上，颇似奇迹，或认为夸张；而矜持不苟，舍己为公，却是每个共产党员具备的美德。所以，如果有人问我身边有没有一些积蓄，那我可以告诉你一桩趣事：

　　就在我被俘的那　天——一个最不幸的日子，有两个国民党军的兵士，在树林中发现了我，而且猜到我是什么人的时候，他们满肚子热望在我身上搜出一千或八百大洋，或者搜出一些金镯金戒指一类的东西，发个意外之财。哪知道从我上身摸到下身，从袄领捏到袜底，除了一只时表和一支自来水笔之外，一个铜板都没有搜出。他们于是激怒起来了，猜疑我是把钱藏在哪里，不肯拿出来。他们之中有一个，左手拿着一个木柄榴弹，右手拉出榴弹中的引线，双脚拉开一步，作出要抛掷的姿势，用凶恶的眼光盯住我，威吓地吼道：

"赶快将钱拿出来，不然就是一炸弹，把你炸死去！"

"哼！你不要作出那难看的样子来吧！我确实一个铜板都没有存，想从我这里发洋财，是想错了。"我微笑着淡淡地说。

"你骗谁！像你当大官的人会没有钱！"拿手榴弹的兵士坚决不相信。

"绝不会没有钱的，一定是藏在哪里，我是老出门的，骗不得我。"另一个兵士一面说，一面弓着背重来一次，将我的衣角裤裆仔细地捏，总企望着有新的发现。

"你们要相信我的话，不要瞎忙吧！我不比你们国民党当官，个个都有钱，我今天确实是一个铜板也没有，我们革命不是为着发财啦！"我再向他们解释。

等他们确知在我身上搜不出什么的时候，也就停手不搜了；又在我藏躲地方的周围，低头注目搜寻了一番，也毫无所得，他们是多么的失望啊！那个持弹欲放的兵士，也将拉着的引线，仍旧塞进榴弹的木柄里，转过来抢夺我的表和水笔。后彼此说定表和笔卖出钱来平分，才算无话。他们用怀疑而又惊异的目光，对我自上而下地望了几遍，就同声命令地说："走吧！"

是不是还要问问我家里有没有一些财产？请等一下，让我想一想，啊，记起来了，有的有的，但不算多。去年暑天我穿的几套旧的汗褂裤，与几双缝上底的线袜，已交给我的妻放在深山坞里保藏着——怕国民党军进攻时，被人抢了去，准备今年暑天拿出来再穿，那些就算是我唯一的财产了。但我说出那几件"传世宝"来，岂不要叫那些富翁们齿冷三天！

清贫，洁白朴素的生活，正是我们革命者能够战胜许多困难的地方！

1935 年 5 月 26 日写于囚室

幽默的叫卖声

/夏丏尊

住在都市里，从早到晚，从晚到早，不知要听到多少种类多少次数的叫卖声。深巷的卖花声是曾经入过诗的，当然富于诗趣，可惜我们现在实际上已不大听到。寒夜的"茶叶蛋""细沙粽子""莲心粥"等等，声音发沙，十之七八是"老枪"的喉咙，困在床上听去颇有些凄清。每种叫卖声，差不多都有着特殊的情调。

我在这许多叫卖者中，发见了两种幽默家。

一种是卖臭豆腐干的。每日下午五六点钟，弄堂日常有臭豆腐干担歇着或是走着叫卖，担子的一头是油锅，油锅里现炸着臭豆腐干，气味臭得难闻。卖的人大叫"臭豆腐干！""臭豆腐干!"态度自若。

我以为这很有意思。"说真方，卖假药"，"挂羊头，卖狗肉"，是世间一般的毛病，以香相号召的东西，实际往往是臭的。卖臭豆腐干的居然不欺骗大众，自叫"臭豆腐干"，把"臭"作为口号标语，实际的货色真是臭的。言行一致，名副其实，如此不欺骗别人的事情，怕世间再也找不出了吧！我想。

"臭豆腐干！"这呼声在欺诈横行的现世，俨然是一种愤世嫉俗的激越的讽刺！

还有一种是五云日升楼卖报者的叫卖声。那里的卖报的和别处不同，没有十多岁的孩子，都是些三四十岁的老枪瘪三，身子瘦得像腊鸭，深深的乱头发，青屑屑的烟脸，看去活像个鬼。早晨是不看见他们的，他们卖的总是夜报。傍晚坐电车打那儿经过，就会听到一片发沙的卖报声。

他们所卖的似乎都是两个铜板的东西，如《新夜报》《时报号外》之类。叫卖的方法很特别，他们不叫"刚刚出版××报"，却把价目和重要新闻标题联在一起，叫起来的时候，老是用"两个铜板"打头，下面接着"要看到"三个字，再下去是当日的重要的国家大事的题目，再下去是一个"哪"字。"两个铜板要看到十九路军反抗中央哪！"在福建事变起来的时候，他们就这样叫。"两个铜板要看到日本副领事在南京失踪哪！"藏本事件开始的时候，他们就这样叫。

在他们的叫声里任何国家大事都只要花两个铜板就可以看到，似乎任何国家大事都只值两个铜板的样子。我每次听到，总深深地感到冷酷的滑稽情味。

"臭豆腐干！""两个铜板要看到××××哪！"这两种叫卖者颇有幽默家的风格。前者似乎富于热情，像个矫世的君子；后者似乎鄙夷一切，像个玩世的隐士。

（选自夏丏尊《平屋杂文》）

洪水与猛兽

/蔡元培

二千二百年前，中国有个哲学家孟轲，他说国家的历史常是"一乱一治"的。他说第一次大乱是四千二百年前的洪水，第二次大乱是三千年前的猛兽，后来说到他那时候的大乱，是杨朱、墨翟的学说。他又把自己的距杨、墨比较禹的抑洪水，周公的驱猛兽。所以崇奉他的人，就说杨、墨之害，甚于洪水猛兽。后来一个学者要是攻击别种学说，总是袭用"甚于洪水猛兽"这句话。譬如唐、宋儒家攻击佛、老，用他；清朝程、朱派攻击陆、王派，也用他；现在旧派攻击新派，也用他。

我以为用洪水来比新思潮，很有几分相像。他的来势很勇猛，把旧日的习惯冲破了，总有一部分的人感受痛苦；仿佛水源太旺，旧有的河槽，不能容受他，就泛滥岸上，把田庐都扫荡了。对付洪水，要是如鲧的用湮法，便愈湮愈决，不可收拾。所以禹改用导法，这些水归了江河，不但无害，反有灌溉之利了。对付新思潮，也要舍湮法用导法，让他自由发展，定是有利无害的。孟氏称，"禹之治水，行其所无事"，这正是旧派对付新派的好方法。

至于猛兽，恰好作军阀的写照。孟氏引公明仪的话："庖有肥肉，厩有肥马，民有饥色，野有饿莩，此率兽而食人也。"现在军阀的要人，都有几百万几千万的家产，奢侈得了不得，别种好好作工的人，穷得饿死，这不是率兽食人的样子吗？现在天津、北京的军人受了要人的指使，乱打爱国的青年，岂不明明是猛兽的派头吗？

所以中国现在的状况，可算是洪水与猛兽竞争。要是有人能把猛兽驯伏了，来帮同疏导洪水，那中国就立刻太平了。

1920 年 4 月 1 日

"今"
/李大钊

　　我以为世间最可宝贵的就是"今"，最易丧失的也是"今"。因为他最容易丧失，所以更觉得他可以宝贵。

　　为什么"今"最可宝贵呢？最好借哲人耶曼孙所说的话答这个疑问："尔若爱千古，尔当爱现在。昨日不能唤回来，明天还不确实，尔能确有把握的就是今日。今日一天，当明日两天。"

　　为什么"今"最易丧失呢？因为宇宙大化，刻刻流转，绝不停留。时间这个东西，也不因为吾人贵他爱他稍稍在人间留恋。试问吾人说"今"说"现在"，茫茫百千万劫，究竟哪一刹那是吾人的"今"，是吾人的"现在"呢？刚刚说他是"今"

是"现在"，他早已风驰电掣的一般，已成"过去"了。吾人若要糊糊涂涂把他丢掉，岂不可惜！

有的哲学家说，时间但有"过去"与"未来"，并无"现在"。有的又说，"过去""未来"皆是"现在"。我以为"过去未来皆是现在"的话倒有些道理。因为"现在"就是所有"过去"流入的世界，换句话说，所有"过去"都埋没于"现在"的里边。故一时代的思潮，不是单纯在这个时代所能凭空成立的。不晓得有几多"过去"时代的思潮，差不多可以说是由所有"过去"时代的思潮一凑合而成的。

吾人投一石子于时代潮流里面，所激起的波澜声响，都向永远流动传播，不能消灭。屈原的《离骚》，永远使人人感泣。打击林肯头颅的枪声，呼应于永远的时间与空间。一时代的变动，绝不消失，仍遗留于次一时代，这样传演，至于无穷，在世界中有一贯相联的永远性。昨日的事件，与今日的事件，合构成数个复杂事件。此数个复杂事件，与明日的数个复杂事件，更合构成数个复杂事件。势力结合势力，问题牵起问题。无限的"过去"都以"现在"为归宿，无限的"未来"都以"现在"为渊源。"过去""未来"的中间全仗有"现在"以成其连续，以成其永远，以成其无始无终的大实在。一掣现在的铃，无限的过去未来皆遥相呼应。这就是过去未来皆是现在的道理。这就是"今"最可宝贵的道理。

现时有两种不知爱"今"的人：一种是厌"今"的人，一种是乐"今"的人。

厌"今"的人也有两派：一派是对于"现在"一切现象都

不满足，因起一种回顾"过去"的感想。他们觉得"今"的总是不好，古的都是好。政治、法律、道德、风俗全是"今"不如古。此派人唯一的希望在复古。他们的心力全施于复古的运动。一派是对于"现在"一切现象都不满足，与复古的厌"今"派全同。但是他们不想"过去"，但盼"将来"。盼"将来"的结果，往往流于梦想，把许多"现在"可以努力的事业都放弃不做，单是耽溺于虚无缥渺的空玄境界。这两派人都是不能助益进化，并且很足阻滞进化的。

乐"今"的人大概是些无志趣无意识的人，是些对于"现在"一切满足的人，觉得所处境遇可以安乐优游，不必再商进取，再为创造。这种人丧失"今"的好处，阻滞进化的潮流，同厌"今"派毫无区别。

原来厌"今"为人类的通性。大凡一境尚未实现以前，觉得此境有无限的佳趣，有无疆的福利。一旦身陷其境，却觉不过尔尔，随即起一种失望的念、厌"今"的心。又如吾人方处一境，觉得无甚可乐，而一旦其境变易，却又觉得其境可恋，其情可思。前者为企望"将来"的动机，后者为反顾"过去"的动机。但是回想"过去"，毫无效用，且空耗努力的时间。若以企望"将来"的动机，而尽"现在"的努力，则厌"今"思想却大足为进化的原动。乐"今"是一种惰性（Inertia），须再进一步，了解"今"所以可爱的道理，全在凭他可以为创造"将来"的努力，决不在得他可以安乐无为。

热心复古的人，开口闭口都是说"现在"的境象若何黑暗，若何卑污，罪恶若何深重，祸患若何剧烈。要晓得"现在"的境象倘若真是这样黑暗，这样卑污，罪恶这样深重，祸患这样剧烈，也都是"过去"所遗留的宿孽，断断不是"现在"造的。全归咎于"现在"是断断不能受的。要想改变他，但当努力以创造将来，不当努力以回复"过去"。

照这个道理讲起来，大实在的瀑流永远由无始的实在向无终的实在奔流。吾人的"我"，吾人的生命，也永远合所有生活上的潮流，随着大实在的奔流，以为扩大，以为继续，以为进转，以为发展。故实在即动力，生命即流转。

忆独秀先生曾于"一九一六年"文中说过，青年欲达民族更新的希望，"必自杀其一九一五年之青年，而自重其一九一六年之青年。"我尝推广其意，也说过人生唯一的蕲向，青年唯一的责任，在"从现在青春之我，扑杀过去青春之我，促今日青春之我，禅让明日青春之我。""不仅以今日青春之我，追杀今日白首之我，并宜以今日青春之我，豫杀来日白首之我。"实则历史的现象，时时流转，时时变易，同时还遗留永远不灭的现象和生命于宇宙之间，如何能杀得？所谓杀者，不过使今日的"我"不仍旧沉滞于昨天的"我"。而在今日之"我"中固明明有昨天的"我"存在。不止有昨天的"我"，昨天以前的"我"，乃至十年二十年百千万亿年的"我"都俨然存在于"今我"的身上。然则"今"之"我"，"我"之"今"，岂可不珍重自将为世间造些功德？稍一失脚，必致遗留层层罪恶种子于"未来"无量的人，即未来无量的"我"，永不能消除，永不能忏悔。

我请以最简明的一句话写出这篇的意思来：

　　吾人在世，不可厌"今"而徒回思"过去"，梦想"将来"，以耗误"现在"的努力。又不可以"今"境自足，毫不拿出"现在"的努力，谋"将来"的发展。宜善用"今"，以努力为"将来"之创造。由"今"所造的功德罪孽，永久不灭。古人生本务，在随实在之进行，为后人造大功德，供永远的"我"享受，扩张，传袭，至无穷极，以达"宇宙即我，我即宇宙"之究竟。

　　（原载 1918 年 4 月 15 日《新青年》4 卷 4 号）

最后一次讲演

/闻一多

　　这几天，大家晓得，在昆明出现了历史上最卑劣最无耻的事情！李先生究竟犯了什么罪，竟遭此毒手？他只不过用笔写写文章，用嘴说说话，而他所写的，所说的，都无非是一个没有失掉良心的中国人的话！大家都有一枝笔，有一张嘴，有什么理由拿出来讲啊！有事实拿出来说啊！（闻先生声音激动了）为什么要打要杀，而且又不敢光明正大来打来杀，而偷偷摸摸的来暗杀！（鼓掌）这成什么话？（鼓掌）

　　今天，这里有没有特务？你站出来！是好汉的站出来！你出来讲！凭什么要杀死李先生？（厉声，热烈地鼓掌）杀死了人，又不敢承认，还要诬蔑人，说什么"桃色事件"，说什么共产党杀共产党，无耻啊！无耻啊！（热烈地鼓掌）这是某集团的

无耻，恰是李先生的光荣！李先生在昆明被暗杀，是李先生留给昆明的光荣！也是昆明人的光荣！（鼓掌）

去年"一二·一"昆明青年学生为了反对内战，遭受屠杀，那算是青年的一代献出了他们最宝贵的生命！现在李先生为了争取民主和平而遭受了反动派的暗杀，我们骄傲一点说，这算是像我这样大年纪的一代，我们的老战友，献出了最宝贵的生命！这两桩事发生在昆明，这算是昆明无限的光荣！（热烈地鼓掌）

反动派暗杀李先生的消息传出以后，大家听了都悲愤痛恨。我心里想，这些无耻的东西，不知他们是怎么想法，他们的心理是什么状态，他们的心怎样长的！（捶击桌子）其实简单，他们这样疯狂地来制造恐怖，正是他们自己在慌啊！在害怕啊！所以他们制造恐怖，其实是他们自己在恐怖啊！特务们，你们想想，你们还有几天？你们完了，快完了！你们以为打伤几个，杀死几个就可以了事，就可以把人民吓倒了吗？其实广大的人民是打不尽的，杀不完的！要是这样可以的话，世界上早没有人了。

你们杀死一个李公朴，会有千百万个李公朴站起来！你们将失去千百万的人民！你们看着我们人少，没有力量？告诉你们，我们的力量大得很，强得很！看今天来的这些人都是我们的人，都是我们的力量！此外还有广大的市民！我们有这个信心：人民的力量是要胜利的，真理是永远是要胜利的，真理是永远存在的。历史上没有一个反人民的势力不被人民毁灭的！希特勒，墨索里尼，不都在人民之前倒下去了吗？翻开历史看看，你们还站得住几天！你们完了，快了！快完了！我们的光明就要出现了。我们看，光明就在我们眼前，而现在正是黎明之前那个最黑暗的时候。我们有力量打破这个黑暗，争到光明！我们光明，恰是反动派的末日！（热烈地鼓掌）

现在司徒雷登出任美驻华大使，司徒雷登是中国人民的朋友，是教育家，他生长在中国，受的美国教育。他住在中国的时间比住在美国的时间长，他就如一个中国的留学生一样，从前在北平时，也常见面。他是一位和蔼可亲的学者，是真正知道中国人民的要求的，这不是说司徒雷登有三头六臂，能替中国人民解决一切，而是说美国人民的舆论抬头，美国才有这转变。

李先生的血不会白流的！李先生赔上了这条性命，我们要换来一个代价。"一二·一"四烈士倒下了，年青的战士们的血换来了政治协商会议的召开；现在李先生倒下了，他的血要换取政协会议的重开！（热烈地鼓掌）我们有这个信心！（鼓掌）

"一二·一"是昆明的光荣，是云南人民的光荣。云南有光荣的历史，远的如护国，这不用说了，近的如"一二·一"，都属于云南人民的。我们要发扬云南光荣的历史！（听众表示接受）

反动派挑拨离间，卑鄙无耻，你们看见联大走了，学生放暑假了，便以为我们没有力量了吗？特务们！你们看见今天到会的一千多青年，又握起手来了，我们昆明的青年决不会让你们这样蛮横下去的！

反动派，你看见一个倒下去，可也看得见千百个继起的！

正义是杀不完的，因为真理永远存在！（鼓掌）

历史赋予昆明的任务是争取民主和平，我们昆明的青年必须完成这任务！

我们不怕死，我们有牺牲的精神！我们随时像李先生一样，前脚跨出大门，后脚就不准备再跨进大门！（长时间地鼓掌）

（原载 1946 年 7 月 21 日《学生报》，有删节）

囚绿记

/陆　蠡

这是去年夏间的事情。

我住在北平的一家公寓里。我占据着高广不过一丈的小房间，砖铺的潮湿的地面，纸糊的墙壁和天花板，两扇木格子嵌玻璃的窗，窗上有很灵巧的纸卷帘，这在南方是少见的。

窗是朝东的。北方的夏季天亮得快，早晨 5 点钟左右太阳便照进我的小屋，把可畏的光线射个满室，直到 11 点半才退出，令人感到炎热。这公寓里还有几间空房子，我原有选择的自由的，但我终于选定了这朝东房间，我怀着喜悦而满足的心情占有它，那是有一个小小理由。

这房间靠南的墙壁上，有一个小圆窗，直径一尺左右。窗是圆的，却嵌着一块六角形的玻璃，并且左下角是打碎了，留下一个大孔隙，手可以随意伸进伸出。圆窗外面长着常春藤。当太阳照过它繁密的枝叶，透到我房里来的时候，便有一片绿影。我便是欢喜这片绿影才选定这房间的。当公寓里的伙计替我提了随身小提箱，领我到这房间来的时候，我瞥见这绿影，感觉到一种喜悦，便毫不犹疑地决定下来，这样了截爽直使公寓里伙计都惊奇了。

绿色是多宝贵的啊！它是生命，它是希望，它是慰安，它是快乐。我怀念着绿色把我的心等焦了。我欢喜看水白，我欢喜看草绿。我疲累于灰暗的都市的天空和黄漠的平原，我怀念着绿色，如同涸辙的鱼盼等着雨水！我急不暇择的心情即使一枝之绿也视同至宝。当我在这小房吕安顿下来，我移徙小台子到圆窗下，让我的面朝墙壁和小窗。门虽是常开着，可没人来打扰我，因为在这古城中我是孤独而陌生。但我并不感到孤独。我忘记了困倦的旅程和已往的许多不快的记忆。我望着这小圆洞，绿叶和我对语。我了解自然无声的语言，正如它了解我的语言一样。

我快活地坐在我的窗前，度过一个月，两个月。我留恋于这片绿色。我开始了解渡越沙漠者望见绿洲的欢喜，我开始了解航海的冒险家望见海面飘来花草的茎叶的欢喜。人是在自然中生长的，绿是自然的颜色。

我天天望着窗口常春藤的生长。看它怎样伸开柔软的卷须，攀住一根缘引它的绳索，或一茎枯枝；看它怎样舒开折叠着的嫩叶，渐渐变青，渐渐变老。我细细观赏它纤细的脉络，嫩芽，我以揠苗助长的心情，巴不得它长得快，长得茂绿。下雨的时候，我爱它淅沥的声音，婆娑的摆舞。

忽然有一种自私的念头触动了我。我从破碎的窗口伸出手去，把两枝浆液丰富的柔条牵进我的屋子里来，教它伸长到我的书案上，让绿色和我更接近，更亲密。我拿绿色来装饰我这简陋的房间，装饰我过于抑郁的心情。我要借绿色来比喻葱茏的爱和幸福，我要借绿色来比喻猗郁的年华。我囚住这绿色如同幽囚一只小鸟，要它为我作无声的歌唱。

绿的枝条悬垂在我的案前了。它依旧伸长，依旧攀缘，依旧舒放，并且比在外边长得更快。我好像发现了一种"生的欢喜"，超过了任何种的喜悦。从前我有个时候，住在乡间的一所草屋里，地面是新铺的泥土，未除净的草根在我的床下茁出嫩绿的芽苗。蕈菌在地角上生长，我不忍加以剪除。后来一个友人一边说一边笑，替我拔去这些野草，我心里还以为可惜，倒怪他多事似的。

可是每天早晨，我起来观看这被幽囚的"绿友"时，它的尖端总朝着窗外的方向。甚至于一枚细叶，一茎卷须，都朝原来的方向。植物是多固执啊！它不了解我对它的爱抚，我对它的善意。我为了这永远向着阳光生长的植物不快，因为它损害了我的自尊心。可是我囚系住它，仍旧让柔弱的枝叶垂在我的案前。

它渐渐失去了青苍的颜色，变成柔绿，变成嫩黄；枝条变成细瘦，变成娇弱，好像病了的孩子。我渐渐不能原谅我自己的过失，把天空底下的植物移锁到暗黑的室内；我渐渐为这病损的枝叶可怜，虽则我恼怒它的固执，无亲热，我仍旧不放走它，魔念在我心中生长了。

我原是打算七月尾就回南方去的，我计算着我的归期，计算这"绿囚"出牢的日子。在我离开的时候，便是它恢复自由的时候。

卢沟桥事件发生了。担心我的朋友电催我赶速南归。我不得不变更我的计划；在七月中旬，不能再留连于烽烟四逼中的旧都，火车已经断了数天，我每日须得留心开车的消息。终于在一天早晨候到了。临行时我珍重地开释了这永不屈服于黑暗的囚人，我把瘦黄的枝叶放在原来的位置上，向它致诚意的祝福，愿它繁茂苍绿。

离开北平一年了。我怀念着我的圆窗和绿友。有一天，得重和它们见面的时候，会和我面生吗？

1940 年 8 月

偶像破坏论

/陈独秀

"一声不作，二目无光，三餐不吃，四肢无力，五官不全，六亲无靠，七窍不通，八面威风，九（音同久）坐不动，十（音同实）是无用"：这几句形容偶像的话，何等有趣！

偶像何以应该破坏，这几句话可算说得淋漓尽致了。但是世界上受人尊重，其实是个无用的废物，又何只偶像一端？凡是无用而受人尊重的，都是废物，都算是偶像，都应该破坏！

世界上真实有用的东西，自然应该尊重，应该崇拜；倘若本来是件无用的东西，只因人人尊重他，崇拜他，才算得有用，这班骗人的偶像倘不破坏，岂不教人永远上当吗？

泥塑木雕的偶像，本来是件无用的东西，只因有人尊重他，崇拜他，对他烧香磕头，说他灵验：于是乡愚无知的人，迷信这人造的偶像真有赏善罚恶之权，有时便不敢作恶，似乎这偶像却很有用。但是偶像这种用处，不过是迷信的人自己骗自己，非是偶像自身真有什么能力。这种偶像倘不破坏，人间永远只有自己骗自己的迷信，没有真实合理的信仰，岂不可怜！

天地间鬼神的存在，倘不能确实证明，一切宗教，都是一种骗人的偶像：阿弥陀佛是骗人的，耶和华上帝也是骗人的，玉皇大帝也是骗人的。一切宗教家所尊重的崇拜的神佛仙鬼，都是无用的骗人的偶像，都应该破坏！

古代蒙昧初开的民族，迷信君主是天的儿子，是神的替身，尊重他，崇拜他，以为他的本领与众不同，他才能居然统一国土。其实君主也是一种偶像，他本身并没有什么神圣出奇的作用；全靠众人迷信他，尊崇他，才能够号令全国，称做元首；一旦亡了国，像此时清朝皇帝溥仪，俄罗斯皇帝尼古拉斯二世，比寻常人还要可怜。这等亡国的君主，好像一座泥塑木雕的偶像抛在粪缸里，看他到底有什么神奇出众的地方呢！但是这等偶像，未经破坏以前，却很有些作怪；请看中外史书，这等偶像害人的事还算少嘛！事到如今，这等不但骗人而且害人的偶像，已被我们看穿，还不应该破坏吗？

国家是个什么？照政治学家的解释，越解释越教人糊涂。我老实说一句，国家也是一种偶像。一个国家，乃是一种或数种人民集合起来，占据一块土地，假定的名称；若除去人民，单剩一块土地，便不见国家在那里，便不知国家是什么。可见国家也不过是一种骗人的偶像，他本身亦无什么真实能力。现在的人所以要保存这种偶像的缘故，不过是借此对内拥护贵族财主的权利，对外侵害弱国小国的权利罢了。（若说到国家自卫主义，乃不成问题。自卫主义，因侵害主义发生。若无侵害，自卫何为？侵略是因，自卫是果。）世界上有了什么国家，才有什么国际竞争；现在欧洲的战争，杀人如麻，就是这种偶像在那里作怪。我想各国的人民若是渐渐都明白世界大同的真理，和真正和平的幸福，这种偶像就自然毫无用处了。但是世界上多数的人，若不明白他是一种偶像，而且明白这种偶像的害处，那大同和平的光明，恐怕不会照到我们眼里来！

世界上男子所受的一切勋位荣典，和我们中国女子的节孝牌坊，也算是一种偶像；因为功业无论大小，都有一个相当的纪念在人人心目中；节孝必出于自身主观的自动的行为，方有价值；若出于客观的被动的虚荣心，便和崇拜偶像一样了。虚荣心伪道德的坏处，较之不道德尤甚；这种虚伪的偶像倘不破坏，却是真功业真道德的大障碍！

破坏！破坏偶像！破坏虚伪的偶像！吾人信仰，当以真实的合理的为标准；宗教上，政治上，道德上，自古相传的虚荣，欺人不合理的信仰，都算是偶像，都应该破坏！此等虚伪的偶像倘不破坏，宇宙间实在的真理和吾人心坎儿里彻底的信仰永远不能合一！

（原载 1918 年 8 月 15 日《新青年》第 5 卷第 2 号）

人生的真义

/陈独秀

人生在世，究竟为的什么？究竟应该怎样？这两句话实在难得回答的很，我们若是不能回答这两句话，糊糊涂涂过了一生，岂不是太无意识吗？自古以来，说明这个道理的人也算不少，大概约有数种：第一是宗教家，像那佛教家说，世界本来是个幻象，人生本来无生；"真如"本性为"无明"所迷，才现出一切生灭幻象；一旦"无明"灭，一切生灭幻象都没有了，还有什么世界，还有什么人生呢？又像那耶稣教说，人类本是上帝用土造成的，死后仍旧变为泥土；那生在世上信从上帝的，灵魂升天；不信上帝的，便魂归地狱，永无超生的希望。

第二是哲学家，像那孔、孟一流人物，专以正心、修身、齐家、治国、平天下，做一大道德家、大政治家，为人生最大的目的。又像那老、庄的意见，以为万事万物都应当顺应自然；人生知足，便可常乐，万万不可强求。又像那墨翟主张牺牲自己，利益他人为人生义务。又像那杨朱主张尊重自己的意志，不必对他人讲什么道德。又像那德国人尼采也是主张尊重个人的意志，发挥个人的天才，成功一个大艺术家、大事业家、叫做寻常人以上的"超人"，才算是人生目的；什么仁义道德，都是骗人的说话。

第三是科学家。科学家说人类也是自然界一种物质，没有什么灵魂；生存的时候，一切苦乐善恶，都为物质界自然法则所支配；死后物质分散，另变一种作用，没有连续的记忆和知觉。

这些人所说的道理，各个不同。人生在世，究竟为的什么，应该怎样呢？我想佛教家所说的话，未免太迂阔。个人的生灭，虽然是幻象，世界人生之全体，能说不是真实存在吗？人生"真如"性中，何以忽然有"无明"呢？既然有了"无明"，众生的"无明"，何以忽然都能灭尽呢？"无明"既然不灭，一切生灭现象，何以能免呢？一切生灭现象既不能免，吾人人生在世，便要想想究竟为的什么，应该怎样才是。耶教所说，更是凭空捏造，不能证实的了。上帝能造人类，上帝是何物所造呢？上帝有无，既不能证实；那耶教的人生观，便完全不足相信了。

孔、孟所说的正心、修身、齐家、治国、平天下，只算是人生一种行为和事业，不能包括人生全体的真义。吾人若是专门牺牲自己，利益他人，乃是为他人而生，不是为自己而生，决非个人生存的根本理由，墨子的思想，也未免太偏了。杨朱和尼采的主张，虽然说破了人生的真相，但照此极端做法，这组织复杂的文明社会，又如何行得过去呢？人生一世，安命知足，事事听其自然，不去强求，自然是快活得很。但是这种快活的幸福，高等动物反不如下等动物，文明社会反不如野蛮社会；我们中国人受了老、庄的教训，所以退化到这等地步。

科学家说人死没有灵魂，生时一切苦乐善恶，都为物质界自然法则所支配，这几句话倒难以驳他。但是我们个人虽是必死的，全民族是不容易死的，全人类更是不容易死的了。全民族全人类所创的文明事业，留在世界上，写在历史上，传到后代，这不是我们死后连续的记忆和知觉吗？

照这样看起来，我们现在时代的人所见人生真义，可以明白了。今略举如下：

（一）人生在世，个人是生灭无常的，社会是真实存在的。

（二）社会的文明幸福，是个人造成的，也是个人应该享受的。

（三）社会是个人集成的，除去个人，便没有社会；所以个人的意志和快乐，是应该尊重的。

（四）社会是个人的总寿命，社会解散，个人死后便没有联续的记忆和知觉；所以社会的组织和秩序，是应该尊重的。

（五）执行意志，满足欲望（自食色以至道德的名誉，都是欲望），是个人生存的根本理由，始终不变的（此处可以说"天不变，道亦不变"）。

（六）一切宗教、法律、道德、政治，不过是维持社会不得已的方法，非个人所以乐生的原意，可以随着时势变更的。

（七）人生幸福，是人生自身出力造成的，非是上帝所赐，也不是听其自然所能成就的。若是上帝所赐，何以厚于今人而薄于古人？若是听其自然所能成就，何以世界各民族的幸福不能够一样呢？

（八）个人之在社会，好像细胞之在人身，生灭无常，新陈代谢，本是理所当然，丝毫不足恐怖。

（九）要享幸福，莫怕痛苦。现在个人的痛苦，有时可以造成未来个人的幸福。譬如有主义的战争所流的血，往往洗去人类或民族的污点。极大的瘟疫，往往促成科学的发达。

总而言之，人生在世，究竟为的什么？究竟应该怎样？我敢说道："个人生存的时候，当努力造成幸福，享受幸福；并且留在社会上，后来的个人也能够享受。递相授受，以至无穷。"

（原载 1918 年 2 月 15 日《新青年》第 4 卷第 2 号）

一封信（给抱怨生活干燥的朋友）

/徐志摩

得到你的信，像是掘到了地下的珍藏，一样的稀罕，一样的宝贵。

看你的信，像是看古代的残碑，表面是模糊的，意致却是深微的。

又像是在尼罗河旁边幕夜，在月亮正照着金字塔的时候，梦见一个穿黄金袍服的帝王，对着我作谜语，我知道他的意思，他说："我无非是一个体面的木乃伊；"又像是我在这重山脚下半夜梦醒时，听见松林里夜鹰的 So prano 可怜的遭人厌毁的鸟，他虽则没有子规那样天赋的妙舌，但我却懂得他的怨愤，他的理想，他的急调是他的嘲讽与咒诅；我知道他怎样地鄙蔑一切，鄙蔑光明，鄙蔑烦嚣的燕雀，也鄙弃自喜的画眉；又像是我在普陀山发现的一个奇景，外面看是一大块岩石，但里面却早被海水蚀空，只剩罗汉头似的一个脑壳，每次海涛向这岛身搂抱时，发出极奥妙的音响，像是情话，像是咒诅，像是祈祷，在雕空的石笋、钟乳间呜咽，像大和琴的谐音在皋雪格的古寺的花椽、石楹间回荡——但除非你有耐心与勇气，攀下几重的石岩，俯身下去凝神地察看与倾听，你也许永远不会想象，不必说发现这样的秘密；又像是……但是我知道，朋友，你已经听够了我的比喻。也许你愿意听我自然的嗓音与不做作的语调，不愿意收受用幻想的亮箔包裹着的话，虽则，我不能不补一句，你自己就是最喜欢从一个弯曲的白银喇叭里，吹弄你的古怪的调子。

你说："风大土大，生活干燥。"这话仿佛是一阵奇怪的凉风，使我感觉一个恐怖的战栗；像一团飘零的秋叶，使我的灵魂里掉下一滴悲悯的清泪。

我的记忆里，我似乎自信，并不是没有葡萄酒的颜色与香味，并不是没有妩媚的微笑的痕迹，我想我总可以抵抗你那句灰色的语调的影响——是的，昨天下午我在田里散步的时候，我不是分明看见两块凶恶的黑云消灭在太阳猛烈的光焰里，五只小山羊，兔子一样的白净，听着她们妈的吩咐在路旁寻草吃，三个捉草的小孩在一个稻屯前抛掷镰刀；自然的活泼给我不少的鼓舞，我对着白云里矗着的宝塔喊说我知道生命是有意趣的。

今天太阳不曾出来。一捆捆的云在空中紧紧地挨着，你的那句话碰巧又添上了几重云蒙，我又疑惑我昨天的宣言了。

我也觉得奇怪，朋友，何以你那句话在我的心里，竟像白垩涂在玻璃上，这半透明的沉闷是一种很巧妙的刑罚，我差不多要喊痛了。

我向我的窗外望，暗沉沉的一片，也没有月亮，也没有星光，日光更不必想，他早已离别了，那边黑蔚蔚的是林子，树上，我知道，是夜鸦的寓处，树下累累的在初夜的微芒中排列着，我也知道。是坟墓，僵的白骨埋在硬的泥里，磷火也不见一星，这样的静，这样的惨，黑夜的胜利是完全的了。

我闭着眼向我的灵府里问讯，呀，我竟寻不到一个与干燥脱离的生活的意象，干燥像一个影子，永远跟着生活的脚后，又像是葱头的葱管，永远附着在生活的头顶，这是一件奇事。

朋友，我抱歉，我不能答复你的话，虽则我很想，我不是爽恺的西风，吹不散天上的云罗，我手里只有一把粗拙的泥锹，如其有美丽的理想或是希望要埋葬，我的工作倒是现成的——我也有过我的经验。

朋友，我并且恐怕，说到最后，我只得收受你的影响，因为你那句话已经凶狠地咬入我的心里，像一个有毒的蝎子，已经沉沉地压在我的心上，像一块盘陀石，我只能忍耐，我只能忍耐……

二月二十六日

（原刊 1924 年 3 月 10 日《小说月报》第 15 卷第 3 号）

关于莫扎特

/傅 雷

为你参考起见，我特意从一本专论莫扎特的书里译出一段给你。另外还有罗曼·罗兰论莫扎特的文字，来不及译。不知你什么时候学莫扎特？萧邦在写作的 taste ＼［品味，鉴赏力＼］方面，极注意而且极感染莫扎特的风格。刚弹完萧邦，接着研究莫扎特，我觉得精神血缘上比较相近。不妨和杰老师商量一下。你是否可在贝多芬第四弹好以后，接着上手莫扎特？等你快要动手时，先期来信，我再寄罗曼·罗兰的文字给你。

从我这次给你的译文中，我特别体会到，莫扎特的那种温柔妩媚，所以与浪漫派的温柔妩媚不同，就是在于他像天使一样的纯洁，毫无世俗的感伤或是靡靡的 sweetness ＼［甜腻＼］。神明的温柔，当然与凡人的不同，就是达·芬奇与拉斐尔的圣母，那种妩媚的笑容决非尘世间所有的。能够把握到什么叫做脱尽人间烟火的温馨甘美，什么叫做天真无邪的爱娇，没有一点儿拽心，没有一点儿情欲的骚乱，那么我想表达莫扎特可以"虽不中，不远矣"。你觉得如何？往往十四五岁到十六七岁的少年，特别适应莫扎特，也是因为他们童心没有受过沾染。

将来你预备弹什么近代作家，望早些安排，早些来信；我也可以供给材料。在精神气氛方面，我还有些地方能帮你忙。

我再要和你说一遍：平日来信多谈谈音乐问题。你必有许多感想和心得，还有老师和别的教授们的意见。这儿的小朋友们一个一个都在觉醒，苦于没材料。他们常来看我，和我谈天，我当然要尽量帮助他们。你身在国外，见闻既广，自己不断地在那里进步，定有不少东西可以告诉我们。同时一个人的思想是一边写一边谈出来的，借此可以刺激头脑的敏捷性，也可以训练写作的能力与速度。此外，也有一个道义的责任，使你要尽量地把国外的思潮向我们报道。一个人对人民的服务不一定要站在大会上演讲或是做什么惊天动地的大事业，随时随地，点点滴滴地把自己知道的、想到的告诉人家，无形中就是替国家播种、施肥、垦植！孩子，你千万记住这些话，多多提笔！

…………

1955 年 3 月 27 日

传授给儿子的恋爱观

/傅 雷

很高兴知道你有了一个女友，也高兴你现在就告诉我们，让我们有机会指导你。对恋爱的经验和文学艺术的研究，朋友中数十年悲欢离合的事迹和平时的观察思考，使我们在儿女的终身大事上能比别的父母更有参加意见的条件。你尽可信赖我们，随时把情形和你感情的进展，波动，讲给我们听，帮助你过这一个人生的大关。

首先态度和心情都要尽可能的冷静，否则观察不会准确。初期交往容易感情冲动，单凭印象，只看见对方的优点，看不出缺点，甚至夸大优点，美化缺点。便是与同性朋友相交也不免如此，对异性更是常有的事。许多青年男女婚前极好，而婚后逐渐相左，甚至反目，往往是这个原因。感情激动时期不仅会耳不聪、目不明，看不清对方；自己也会无意识地只表现好的方面，把缺点隐藏起来。保持冷静还有一个好处，就是不至于为了谈恋爱而荒废正业，或是影响功课或是浪费时间或是损害健康，或是遇到或大或小的波折时扰乱心情。

所谓冷静，不但是表面的行动，尤其内心和思想都要做到。当然这一点是很难。人总是人，感情上来，不容易控制，年轻人没有恋爱经验更难维持身心的平衡，同时与各人的气质有关。我生平总不能临事沉着，极容易激动，这是我的大缺点。幸而事后还能客观分析，周密思考，才不至于使当场的意气继续发展，闹得不可收拾。我告诉你这一点，让你知道如临时不能克制，过后必须由理智来控制大局：该纠正的就纠正，该向人道歉的就道歉，该收篷时就收篷。总而言之，以上两点归纳起来只是：感情必须由理智控制。要做到，必须下一番苦功在实际生活中长期锻炼。

我一生从来不曾有过"恋爱至上"的看法。"真理至上""道德至上""正义至上"，这种种都应当作为立身的原则。恋爱不论在如何狂热的高潮阶段也不能侵犯这些原则。朋友也好，妻子也好，爱人也好，一遇到重大关头，与真理、道德、正义等等有关的问题，决不让步。

其次，人是最复杂的动物，观察决不可简单化，而要耐心、细致、深入，经过相当的时间，各种不同的事故和场合，处处要把科学的客观精神和大慈大悲的同情心结合起来。对方的优点，要认清是不是真实可靠的，是不是你自己想象出来的，或者是夸大的。对方的缺点，要分出是否与本质有关。与本质有

关的缺点，不能因为其他次要的优点而加以忽视。次要的缺点
也得辨别是否能改，是否发展下去会影响品性或日常生活。人
人都有缺点，谈恋爱的男女双方都是如此。问题不在于找一个
全无缺点的对象，而是要找一个双方缺点都能各自认识，各自
承认，愿意逐渐改，同时能彼此容忍的伴侣（此点很重要。有
些缺点双方都能容忍，有些则不能容忍，日子一久即造成裂
痕）。最好双方尽量自然，不要做作，各人都拿出真面目来，优
缺点一齐让对方看到。必须彼此看到了优点，也看到了缺点，
觉得都可以相忍相让，不会影响大局的时候，才谈得上进一步
的了解，否则只能做一个普通的朋友。可是要完全看出彼此的
优缺点，需要相当时间，也需要各种大大小小的事故来考验，
绝对急不来！更不能轻易下结论（不论是好的结论或坏的结
论）！惟有极坦白，才能暴露自己；而暴露自己的缺点总是越早
越好，越晚越糟！为了求恋爱成功而尽量隐藏自己的缺点的人
其实是愚蠢的。当然，在恋爱中不知不觉表现出自己的光明面，
不知不觉隐藏自己的缺点，不在此例。因为这是人的本能，而
且也证明爱情能促使我们进步，往善与美的方向发展，正是爱
情的伟大之处，也是古往今来的诗人歌颂爱情的主要原因。小
说家常常提到，我们在生活中也一再经历：恋爱中的男女往往
比平时聪明，读起书来也理解得快，心地也往往格外善良，为
了自己幸福而也想使别人幸福，或者减少别人的苦难。同情心
扩大就是爱情可贵的具体表现。

　　事情主观上固盼望必成，客观方面仍须有万一不成的思想
准备。为了避免失恋等等的痛苦，这一点"明智"我觉得一开
头就应当充分掌握。最好勿把对方做过于肯定的想法，一切听

凭自然演变。

总之，一切不能急，越是事关重要，越要心平气和，态度安详，从长考虑，细细观察，力求客观！感情冲上高峰很容易，无奈任何事物的高峰（或高潮）都只能维持一个短时间，要久而弥笃的维持长久的友谊可很难了。我们以十二分的热情支持你，以二十四分的理智指导你，但愿你经过锻炼和考验之后，终于得到持久而可靠的幸福！

除了优缺点，俩人性格脾气是否相投也是重要因素。刚柔、软硬、缓急的差别要能相互适应调剂。还有许多表现在举动、态度、言笑、声音……之间说不出也数不清的小习惯，在男女之间也有很大作用，要弄清这些就得冷眼旁观慢慢咂摸。所谓经得起考验乃是指有形无形的许许多多批评与自我批评（对人家一举一动所引起的反应即是无形的批评）。诗人常说爱情是盲目的，但不盲目的爱毕竟更健全更可靠。

人生观、世界观问题你都知道，不用我谈了。人的雅俗和胸襟气量倒是要非常注意的。据我的经验：雅俗与胸襟往往带先天性的，后天改造很少能把低的往高的水平上提；故交往期间应该注意对方是否有胜于自己的地方，将来可帮助我进步，而不至于反过来使我往后退。你自幼看惯家里的作风，想必不会忍受量窄心浅的性格。

以上谈的全是笼笼统统的原则问题。不认识具体的对象，也只能谈这些。来信所说上半学期的苦闷，暇时不妨告诉我们，一则可以看看你对人生的观念对不对，二则可间接了解一部分对方。

长相身材虽不是主要考虑点，但在一个爱美的人也不能过于忽视。

交友期间，尽量少送礼物，少花钱：一方面表明你的恋爱观念与物质关系极少牵连，另一方面也是考验对方。

1962 年 3 月 8 日